Kaye Gibbons

Ellen Foster

Traduit de l'anglais par
Marie-Claire Pasquier

R.

A ma sœur Alice,
et à la mémoire de notre mère, Shine —
avec amour, respect et reconnaissance.

Jetez le tout-petit sur les rochers,
N'ayant que la louve pour l'allaiter,
Faucon, renard, l'hiver, pour l'abriter,
Vifs, rapides soient ses mains et ses pieds.

(Poème anonyme en exergue à l'essai de Ralph Waldo Emerson, *Self-Reliance (La Confiance en soi)*, 1841.

I

Quand j'étais petite, j'inventais des façons de tuer mon papa. Je m'en racontais une et puis une autre, et je l'essayais dans ma tête jusqu'à ce que ça devienne facile.

Celle que je préférais c'était de fourrer une araignée venimeuse dans son lit. Elle le piquait, et hop il était mort, tout enflé de partout, et quand je le trouvais dans cet état-là, j'en frissonnais. Alors bien sûr j'appelais police-secours, je leur disais venez vite, vite, il est arrivé quelque chose à mon papa. Quand ils arrivaient j'étais là, à peine capable de parler, les bras ballants, et y avait ces deux jeunes Noirs qui hissaient mon papa mort sur un chariot d'hôpital. Je restais plantée sur le pas de la porte, à bien montrer que j'étais toute tremblante.

Mais je n'ai pas tué mon papa. Il a tellement bu qu'il en est mort, un an après que l'assistance publique m'a enlevée de chez lui. On m'a raconté comment on l'avait trouvé dans la maison, mort et tout ça. A la suite de quoi, en moins de deux, le voilà enterré, et la maison louée à une famille de quatre personnes.

Moi, tout ce que j'avais fait, c'est de souhaiter sa mort de toutes mes forces de temps en temps. Ce qu'il y a de sûr, c'est que les choses vont drôlement mieux pour moi maintenant, que quand il était vivant.

J'habite dans une maison de briques toute propre, et la plupart du temps on me fiche la paix. Quand je commence à sentir mauvais je prends un bain et les gens disent regardez comme elle est mignonne.

Ici y a tout ce qu'on veut à manger et quand il manque quelque chose, hop on va à l'épicerie et on en rachète. Pour le petit déjeuner je me suis fait un sandwich aux œufs durs, avec de la mayonnaise en-dessus et en-dessous. Peut-être bien que je vais m'en refaire un autre pour le déjeuner.

Y a deux ans j'avais pratiquement rien du tout. C'est pas que maintenant je me vautre dans le luxe, mais quand le car de ramassage passe me prendre le matin, y a pas à dire, j'ai bonne allure. Je suis là à l'attendre devant la maison, bien soignée, bien habillée, avec l'herbe du jardin bien verte et les buissons de la haie bien taillés.

Je trouve que je m'en suis pas si mal tirée si on compare au reste de ma famille, vu que les autres sont tous ou bien morts ou bien cinglés.

Tous les mardis y a un monsieur qui vient me chercher au milieu du cours d'instruction civique, et on va dans un bureau pour parler de tout ça.

La semaine dernière il a étalé des images de chauves-souris plates pour que je dise ce que j'en pensais. Moi en gros, ce que je voyais, c'était des chauves-souris plates. Et puis je me suis mise à voir des grands trous noirs dans lesquels on pourrait bien tomber. Des grands trous noirs, profonds, qui traversaient la table et le plancher. Alors il a enlevé ses lunettes, il a collé sa figure contre la mienne, et il m'a dit tu as peur de quelque chose.

Avant, oui, j'avais peur, mais plus maintenant, voilà ce que je lui ai répondu. Ça m'arrive d'être un peu inquiète, mais j'ai jamais vraiment peur.

Je me rappelle une époque où j'avais peur, ça oui. Tout allait de travers, c'est comme si quelqu'un avait desserré une vis, et toute ma famille était secouée,

secouée, jusqu'à en crever. Comme dans une foire, et celui qui s'occupe du manège est parti se promener, alors nous on est là à tourner comme des fous, secoués, secoués, et ça finit par dérailler. Tous les deux ils sont morts comme ça, à force de tourner à toute allure, ça les avait épuisés, ça les avait rendus complètement malades. Y a pas à dire, c'est quand même une drôle de façon de mourir. A la fin, ils ont plus eu la force de résister au tourbillon, et le vent les a emmenés où il a voulu.

Ma maman, même sa peau avait l'air de plus avoir le courage de contenir quelqu'un d'aussi faible qu'elle. Elle s'appuyait au frigo et elle regardait mon papa qu'arrêtait pas de tourner autour de la table en jurant contre tous ceux qui lui avaient fait du tort. Elle, elle avait l'air triste, mais alors triste, comme si tout ça c'était de sa faute.

Qu'elle soit malade, c'était pas de sa faute, mais personne l'avait obligée à se marier avec lui. En fait, quand elle était petite comme moi, elle a attrapé un romantisme, c'est comme ça que ça s'appelle je crois, et depuis, son cœur a jamais été bien solide.

De temps en temps, elle rentre de l'hôpital. Moi je serais elle, j'y resterais. Bien couchée dans son lit avec l'air conditionné et des gens qui vous tapotent sur la tête et qui vous apportent des paniers de fruits.

Eh bien non, il faut qu'elle revienne, et il lui vole dans les plumes. Il fait des histoires. Il est vautré dans son grand fauteuil comme un pacha. Apporte-moi ci, apporte-moi ça.

Elle a pas encore refermé la porte qu'il demande ce qu'il y a pour dîner. Hein, qu'est-ce qu'elle a prévu ? Et moi, ça l'intéresserait de savoir ce que j'ai prévu ? Elle le regarde bien en face, en fixant pas ses yeux ou sa bouche, non, mais l'ensemble de sa figure, et toute cette laideur qui ressort de lui. Et il continue à râler pour le dîner, ou parce que les mauvaises herbes ont poussé dans le jardin. Ma parole, on dirait un sale gosse, ce type, et absolument pas une grande personne.

Moi j'ai sa valise à la main, à ma maman, et je la porte dans la chambre. Mais en même temps je les écoute, lui qui parle et elle qui répond pas un mot. Elle est entre le poste de télé et Monsieur qui fait ses caprices, et elle le regarde qui continue à déblatérer.

Ma parole c'est pas un homme, ce type, c'est un pantin. Il mérite vraiment pas qu'on lui réponde, même si c'est mon papa. Et elle, elle est trop faible, elle a trop mal partout pour trouver son souffle et former les mots à lui renvoyer pour le faire taire. Elle reste plantée là et elle le laisse déverser tout son venin sur elle.

Va dans la cuisine me faire à manger. Il a fallu que je me tape la cuisine pendant tout le temps que tu étais pas là, il lui dit.

Ce qui est un fameux mensonge. Se taper la cuisine, tu parles. Quand c'est pas moi qui faisais à dîner pour nous deux, on allait en ville acheter du poulet tout préparé. En un sens, ça m'aurait pas déplu de recommencer à manger correctement, mais j'allais sûrement pas le dire.

Moi, on m'aurait demandé, j'aurais dit que papa et moi on n'avait qu'à manger un morceau de pain et de fromage. Quelqu'un qui s'est fait opérer a besoin de rester dans son lit sans avoir un mari sur le dos toute la journée. Mais elle est pas allée dans sa chambre, elle a fait demi-tour, direction la cuisine. Tout ce qui me restait à faire, c'était d'attraper les choses qui étaient trop haut pour elle. J'ai mis le couvert, et lui, j'avais drôlement envie de cracher sur sa fourchette.

Ici, personne crie après personne pour lui dire de faire ci ou ça. Ma nouvelle maman pose les plats sur la table et on se sert chacun son tour. Ensuite on mange, et tout le monde est bien content. Des toasts ou des biscuits salés avec ce qu'on veut quand on veut. Des œufs préparés de toutes les façons possibles. Du maïs cueilli le jour où on le mange. Je ne mets pas mes coudes sur la table et je m'essuie la bouche comme une vraie dame. Ici, personne ne crie, personne ne pète pendant les repas, personne ne donne à manger aux chiens sous la table. Quand tout le monde a fini, ma nouvelle maman met les assiettes dans un machin exprès, elle referme la porte, elle appuie sur un bouton, et voilà, elles sont propres.

Ma maman ne s'est pas plainte une seconde d'être fatiguée ou d'avoir mal. En arrivant, elle a demandé qui avait si bien entretenu la maison, et il a dit que c'était lui. Qui allait croire ça, je vous le demande. Moi je savais bien qu'il mentait, et ma maman le savait aussi. Elle avait demandé ça comme ça, pour dire quelque chose.

Maman a mis le dîner sur la table et lui il m'a demandé : qu'est-ce que tu regardes comme ça ? C'est toi que je regarde, le nez sur ton assiette, comme si on allait t'enlever les morceaux de la bouche. Vieux porc. Mais je ne l'ai pas dit.

Pourquoi tu manges pas, il demande.

Parce que j'ai pas faim, je réponds.

Je te conseille de manger. Parce que à voir la mine de ta mère, j'ai idée que t'auras pas un autre dîner de si tôt.

Il se croit tellement drôle qu'il en rit tout seul.

Pendant tout ce temps-là je le regarde et je me demande comment ça se fait qu'il la déteste à ce point. Pendant qu'il me regarde pas, je lui jette le mauvais œil. Maman a l'air d'avoir qu'une envie, c'est d'aller pleurer sous la table.

On l'a laissé tout seul à table, lui et son mauvais caractère, et on est allées se coucher. Elle avait mal dans toute la poitrine, et elle avait des bleus sur le cou. Ça me donnait envie de regarder ailleurs.

A nous deux, on lui a fait passer sa robe par-dessus sa tête, et on lui a mis une espèce de chemise pour qu'elle soit bien dedans pour dormir. Je l'ai aidée à se coucher et puis je me suis glissée dans le lit à côté d'elle. Elle a enfoncé sa tête dans l'oreiller.

Je reste avec toi. Je reste avec toi, rien que le temps de faire un petit somme.

Maintenant, chez ma nouvelle maman, je traîne au lit le matin, et je regarde la pluie qui tombe. Y a rien qui m'oblige à me dépêcher de faire des trucs.

J'ai un sac de bonbons dans lequel je pioche. Un par un. Je fais durer. Tout ce qui me reste à faire ensuite c'est d'aller dîner, et puis de faire ma toilette.

Je regarde ma chambre. Une drôlement jolie chambre.

Quand j'aurai mis assez d'argent de côté, ce que je ferai c'est de m'acheter un de ces trucs en verre de toutes les couleurs qu'on suspend devant la fenêtre et qui se balance. Allongée sur mon lit, je me représente l'effet que ça fera. J'ai déjà des rideaux roses à carreaux avec des pompons. C'est ma nouvelle maman qui me les a faits. Elle m'a aussi fait des taies d'oreiller assorties dans lesquelles je fourre mes oreillers tous les matins.

Ici tout est assorti. Qu'est-ce que ça fait joli, qu'est-ce que ça fait propre.

Quand j'aurai fini de rester au lit avec mes bonbons à la menthe, je retaperai l'édredon et je rangerai un peu derrière moi. Après, peut-être que j'irai jouer avec les autres. Mais il se peut aussi que j'attende tranquillement que le poulet frit prenne une bonne odeur de prêt à manger.

Je ne sais pas si elle l'entend sortir par derrière. Comme elle bouge pas du tout, peut-être qu'elle dort. Il s'en va dans la camionnette, l'air de quelqu'un qui a des affaires à régler. On sait bien vous et moi qu'il est parti se chercher à boire. Ensuite il ramène tout ça à la maison, l'air de se prendre pour le Père Noël. Il pose son paquet à côté de son fauteuil, il s'installe confortable et tout. Et puis il gueule qu'il faut que quelqu'un, ça veut dire moi, lui allume la télé. Ma parole, je le boufferais tout cru.

De l'entendre crier, ça fait sursauter ma maman. Même si avant elle dormait, fatalement ça l'a réveillée. Elle grince des dents chaque fois qu'elle l'entend jurer bon sang de bonsoir ou autre chose. Plus il boit plus il dit n'importe quoi.

Quand arrive l'heure des résultats des courses, il est allongé sur le carreau de la salle de bains et il peut pas se relever. Il faut que j'aille aux toilettes, alors j'essaie de le secouer. C'est comme ça tous les samedis. Ma maman a besoin de ça, tiens, de trouver une espèce de gros porc affalé contre la cuvette des cabinets.

Je me lève, j'y vais, et je lui dis lève-toi, y a des gens qu'ont besoin d'y aller. Il a qu'à aller se poser dans la camionnette.

Lui tout ce qu'il fait c'est de cogner et d'essayer de m'attraper par la cheville. Il rate son coup.

Vas-y quoi, lève-toi, je lui répète. Faut pas céder quand il est comme ça. Si je le laissais faire, il resterait à pourrir sur place, alors je le pousse du pied. J'aime mieux pas le toucher avec mes mains. Rien que de voir comment il s'accroche à la cuvette des lavabos pour se relever, ça me donne envie de dégueuler. Il traverse le living en zigzaguant, et on dirait qu'il réussit à sortir : je l'entends pas s'étaler quand il descend les marches.

Et elle, d'où elle sort ? Elle est là sur le pas de la porte à regarder tout ça.

Va te recoucher, je dis à ma maman.

Maman, c'est pas dur de s'occuper d'elle. Elle

retourne dans sa chambre. Aucun problème. C'est juste difficile de la faire bouger, tellement elle est raide. Je la recouche, et je lui dis qu'il est sorti pour la nuit. Elle se met à pleurer doucement, alors je lui dis qu'il y a pas de quoi chialer. C'est vrai, elle va s'épuiser à pleurer comme ça.

Je devrais fermer la maison à clef pour qu'il puisse pas rentrer.

Un homme de son âge, ça devrait être là à lui apporter des petites choses à manger, des livres avec des images. Non, tout ce qu'il trouve à faire, c'est de s'occuper de Monsieur. Comme si elle était pas malade, ou comme si elle était pas de sa famille.

Y a de l'orage dans l'air. Je vais rester allongée près de ma maman, à attendre que sa poitrine se soulève régulièrement, que ça monte et ça redescende, en profondeur, loin du type qui est là-bas dans sa camionnette.

Je sens l'odeur de l'orage, et je vois l'air tout alourdi par la pluie qui arrive.

Lui, ça l'empêchera pas de dormir, l'orage ou la pluie. Oh comme je souhaite, de tout mon cœur, que la foudre lui tombe dessus un grand coup. Mais ce n'est pas moi qui contrôle les nuages ni le tonnerre.

Le Seigneur règle ses affaires comme il l'entend.

II

Quand c'est le matin j'entends mon papa qui rentre dans la maison. Pas en douce, non. S'il avait un cheval, il monterait carrément les marches à cheval. Il se souvient plus de la nuit dernière, et il se figure, cet imbécile, que nous aussi on a oublié.

Ma maman est descendue du lit toute seule. Pour pas l'avoir entendue, je devais dormir à poings fermés. J'ai encore sur moi les habits que je portais hier. Ça me simplifie la vie pour ce matin.

Il l'a toute seule avec lui dans la cuisine. Je sais qu'il ne la touchera pas. Ce qu'il risque de faire, c'est de lui lancer une tasse ou une fourchette, mais il voudrait pas la frapper et que ça laisse des traces.

J'essaie de ne jamais la laisser toute seule avec lui. Même pas quand ils sont tous les deux endormis dans le lit. Mon berceau de quand j'étais bébé est encore dans leur chambre, alors quand je les entends se disputer, la nuit, je fais tout un cirque, et j'arrête pas jusqu'à ce qu'ils me laissent dormir dans mon vieux berceau. Si je suis là, je sais qu'il fera gaffe.

Et là maintenant, je voudrais bien voir ce qui se passe, mais la porte est fermée. J'ai besoin d'un truc dans la cuisine, alors j'entre pour aller le chercher.

Elle est assise à un bout de la table et il est assis à l'autre bout, en train de fouiller dans son sac à main. Y a ses pilules pour le cœur qui sont là en vrac sur la table, prêtes à rouler, et elle tient le flacon sur ses genoux.

Donne-moi le flacon, que je remette les pilules dedans, je lui dis. Ça coûte cher, ces pilules.

C'est tout ce qui lui reste, elle a avalé les trois-quarts du flacon, il me dit en la regardant.

Il faut que tu les revomisses, maman. Je vais t'enfoncer les doigts dans la gorge pour que tu vomisses. Elle me regarde et je vois bien qu'elle veut pas vomir. Elle veut pas bouger.

Bon, j'ai plus qu'à courir jusqu'à l'épicerie pour téléphoner de chez eux.

Mais mon papa dit que si j'essaye de mettre un pied dehors il me tue. Jusque-là, je savais que c'était un salaud, mais j'avais pas la preuve.

Il serait capable de nous tuer toutes les deux, ma maman et moi, avec un couteau. Il nous regarde en caressant le sac à main. C'est un type qui reste assis, patient et tout, à attendre que les gens crèvent. Et maintenant il veut que je la remette dans son lit.

Tout ce qu'il lui faut, c'est de dormir un bon coup, il dit. Ramène-la là-bas, tu verras, un petit roupillon et tout ira bien. Et il me jure que les pilules peuvent pas lui faire de mal.

On va retourner se reposer. La journée commence à peine, et on a besoin de se reposer encore un petit coup.

Ce que j'aime, c'est de faire un bon dîner, de me laver les dents et de me coucher de bonne heure. Si j'ai pas sommeil, je trouve toujours des trucs à faire.

Par exemple je reste dans mon lit et je lis des vieux bouquins. J'ai dit à la bibliothécaire de l'école que je voulais lire tout ce qui est intéressant, alors elle m'a fait une liste. C'était y a deux ans, maintenant j'en suis aux sœurs Brontë. Je ne lis pas de bandes dessinées, pas de journaux. Pour les nouvelles, avec la télé j'en sais bien assez.

Je peux pas avaler les histoires qu'on nous fait lire en classe. Claude ou Lulu avec le chien ou le chat. Ils se lancent toujours dans des grandes aventures. Des fois ils rencontrent un bandit, ou alors ils sautent dans un train de marchandises, mais y a toujours un policier ou le papa ingénieur qui les ramène chez eux, et c'est resté des bons enfants bien sages.

Moi je préfère les vieilles histoires. Quand j'ai commencé mon programme de lecture, j'aimais bien celle de la dame du Moyen Age qui riait tout le temps et qui portait des bottes rouges. Elle était en balade avec des gens qui se racontaient des histoires, qui se faisaient des blagues, et qui se donnaient des grandes claques dans le dos.

Ce que je lis en ce moment est un petit peu dur à lire, mais ça fait partie de ma liste. C'est rien que des hommes et des femmes qui se promènent en douce dans une grande maison sinistre, et qui se mêlent des affaires les uns des autres. La bibliothécaire a dit comme ça que l'auteur et ses sœurs, si elles écrivaient des livres, c'est parce qu'à leur époque elles pouvaient pas avoir un métier. Moi ce que je crois, c'est qu'elles étaient riches, et que du coup elles avaient pas besoin de travailler.

Je pourrais passer la nuit à lire au lit. Je peux pas m'endormir sans lire un bouquin. Y a un moment où le cerveau n'a plus rien d'utile à faire, alors il se met à divaguer. Moi je l'occupe en lui donnant des trucs à lire jusqu'à ce que clac, il s'arrête. Je trouve qu'il vaut mieux faire quelque chose jusqu'au moment où on s'endort.

Je veux rester tout le temps comme ça, allongée près d'elle. Elle lève un bras et moi je glisse ma tête dessous, tout contre elle. En me tortillant un peu, je peux me faire une bonne petite place. Ce que j'entends, c'est mon cœur qui bat.

Le sien s'est arrêté.

Salaud, espèce de salaud, qu'il crève.

Et maintenant qu'est-ce qu'il faut faire, quand l'enquête va commencer les gens vont venir et ils vont demander comment ça se fait et moi je pourrai pas leur dire. Ça prendra un moment avant qu'ils arrivent. Je peux l'avoir encore un peu avec moi, elle dort mais juste elle respire pas. Lui je suis pas obligée de lui dire, il a qu'à rester dans son coin à se demander comment ça se fait que c'est si calme. Pourquoi on n'entend rien dans cette maison pendant que partout ailleurs les gens sont contents de commencer leur journée.

Dans son coin, coupable, cloué dans son fauteuil par la main de Dieu et par la sainte peur qu'il a d'une femme si douce qui est morte.

Tu peux rester à te reposer près de moi jusqu'à ce que quelqu'un vienne te chercher. On dira rien à personne. On se repose toutes les deux.

J'ai horreur de cette robe, et d'abord, ne me touche pas, voilà ce que je devrais lui dire, à ma tante. Au lieu de ça, je referme la porte de la salle de bains, comme ça elle est de l'autre côté et moi du mien.

Est-ce que c'est mon rouge à lèvres ? Je m'en mettrais bien un petit peu pour aller à l'église, mais il vaut mieux pas. Elle, elle me laisserait faire. Mais y a toujours quelqu'un pour faire des réflexions.

Remets-le, remets-le là où il était. Quand je serai vieille je pourrai revenir m'en mettre. Quand ça sera pas pour faire semblant. Ils en ont pas eu besoin pour la maquiller ? Quelqu'un a dû lui en fournir un autre bâton. Celui-là, elle l'a laissé à la maison. Quand ils maquillent les gens qu'on leur confie, ils se servent pas du même bâton pour tout le monde, tout de même.

Je vais me débarbouiller et m'asseoir sur le siège des cabinets pour regarder. Je vois tout le monde par une fente dans la porte. Tous ces gens que j'ai pas vus depuis Noël de l'année dernière qui sont là assis à se tapoter sur les mains.

Mon papa pense qu'à une chose, c'est qu'un petit verre lui ferait drôlement du bien. Avant que tout le monde arrive il a ramassé ses canettes de bière et il les a planquées sous la véranda, derrière la maison.

Quelqu'un a dû lui refiler ce costume. Tout ce qu'il porte d'habitude, c'est une salopette grise. Je voudrais lui coudre une étiquette sur la poche, ça dirait son nom, BILL. Il ressemblerait au type de la Station Esso. Je peux faire quelque chose pour vous, madame ? Vérifier vos pneus ? Vous faire une vidange ? Vous lancer un couteau dans le ventre ?

Tout ce qu'il fait depuis dimanche matin, c'est d'ouvrir la porte aux gens et de secouer la tête pour faire oui ou pour faire non. Son frère Rudolph l'a embarqué dans la voiture pour aller en ville choisir le cercueil. Mais je sais bien que quand il est arrivé là-bas, les sœurs de ma maman l'ont envoyé promener. Celles qui savent choisir, c'est elles.

Il est assis là, les deux pieds posés par terre, et les yeux rouges, mais pas d'avoir pleuré. Quand quelqu'un s'approche de lui pour lui parler à l'oreille, Monsieur lui pose la main sur l'épaule. Toujours seigneur et maître. Sauf que maintenant il se tait.

Elle a fini par lui clouer le bec.

III

Ah, je me réveille et j'ai la journée devant moi, qu'est-ce que je vais bien en faire ? Je vais aller attraper un des poneys pour le monter. Je pourrais prendre à manger dans un sac pour moi et le poney, comme ça je pourrais rester dehors toute la journée. Je pourrais demander à Jojo de venir avec moi. Mais je crois que c'est le jour de sa leçon de danse.

Moi aussi je sais danser.

Il faut que je me lève pour aller manger ce qui sent bon comme ça. La porte du four grince, elle est en train de sortir des petits gâteaux tout ronds tout moelleux.

Les habits que je portais hier, je les ai mis au pied du lit, comme ça je peux me changer sous les couvertures. Pas la peine de se geler quand on se lève. Pourvu que mon linge soit propre, le reste je m'en fiche. De toute façon ce soir j'empesterai le poney.

Peut-être que personne d'autre n'a l'intention de monter Dauphin. Une chose ici, c'est qu'on doit attendre son tour. Aujourd'hui c'est le mien si je suis la première à arriver à table pour le petit déjeuner.

J'aplatis bien mes cheveux sans me servir d'un peigne. Tant qu'on me regarde pas par derrière, ça va.

C'est bien agréable d'être assise à table avec les petits gâteaux. La seule chose qui soit froide, c'est mes mains. Je les tiens au-dessus du moule à gâteaux jusqu'à ce que ma maman m'explique bien gentiment que ça ne se fait pas. Alors je glisse mes mains sous moi jusqu'à ce que les gâteaux aient assez refroidi pour qu'on puisse les tenir. Les autres arrivent un par un mais ils voient bien que j'étais la première à table, que donc les premiers petits gâteaux et le poney sont pour moi.

J'ai plus envie de les regarder. Ils se tortillent tellement ils ont envie de dire aux autres ce qu'ils pensent.

Il fallait s'y attendre. Voyez où ça vous mène d'épouser un moins que rien. Je l'aurais juré.

Et moi je suis là avec mon petit ensemble rouge à carreaux, complètement ridicule. A la fin de la journée, je le brûle, celui-là. Je sais que ma tante Nadine voudrait bien entrer pour m'aider à m'arranger. Elle m'a donné cette tenue comme si elle l'avait achetée exprès pour moi, mais j'ai bien vu sa fille Dora qui la portait la semaine dernière pour la photo de classe. J'ai pas tellement le choix, je suis bien obligée de la porter. Je grandis tellement que bientôt mon linge m'ira plus.

Mais je m'en fiche. Tout ce que je demande c'est que cette bonne femme ne frappe pas à la porte en me disant, alors, où on en est, là-dedans ? Je devrais me mettre du rembourrage et sortir de là avec une grosse poitrine qui aurait poussé d'un coup. Ça leur ferait un sujet de discussion avec preuves à l'appui, au lieu d'inventer des histoires.

La maman de Dora estime qu'il est temps de se mettre en branle. Elle n'a pas pu organiser un petit enterrement à la sauvette, alors elle joue les affairées.

Remets dans le frigo la salade de fruits et tout ce qui peut s'abîmer. Frigo, elle dit.

Elle vient de mon côté. Quand elle arrive je lui dis que justement j'allais sortir. Elle a besoin d'être tranquille deux minutes pour arranger sa combinaison et se refaire une tête. Elle veut être très chic parce qu'elle a décidé qu'elle ferait le trajet dans la grande auto.

Ça y est, on est tous prêts. Mon papa donnerait cher pour savoir si j'ai l'intention de raconter à quelqu'un comment les choses se sont passées. Je ne sais pas si c'est écrit quelque part qu'il n'avait pas le droit de faire ce qu'il a fait, mais si ça n'est pas un crime, c'est forcément un péché. Si c'est pas l'un c'est l'autre. Et il voudrait bien savoir si je vais cafter.

Ma tante sort de la salle de bains en dandinant son opulente personne, y a plus qu'à se mettre en rang et à prendre le départ. Ma parole elle a dû suivre des cours pour apprendre à disposer les gens en petits groupes et décider qui va dans quelle voiture et qui monte devant, qui monte derrière.

Elle va être déçue quand on va arriver là-bas, mettre maman en terre, revenir à la maison, et que tout sera terminé. Elle rentrera chez elle bien fatiguée, mais elle pourra au moins se féliciter parce que tout s'est bien passé, sans anicroche.

Toi, pas de question, tu vas dans la première voiture, elle me dit. Moi, du moment que j'ai un moyen de transport...

Le type des pompes funèbres m'ouvre la portière. Depuis dimanche il est venu deux fois à la maison pour bien montrer qu'il prend les choses à cœur. Tant mieux, mais je préfèrerais qu'il dise clairement qu'il est payé pour ça. C'est en prenant les choses à cœur que je me remplis les poches. Ça me choquerait pas.

S'il y a une chose que je déteste, c'est d'être coincée dans une voiture au milieu d'autres gens. Mettez-moi près de la fenêtre, que je respire, et que je puisse sortir en cas d'urgence. J'exige d'être près de la fenêtre dans cette voiture qui est assez grande pour contenir le type des pompes funèbres qui arrête pas de sourire, la maman de Dora, Dora, mon papa et moi.

Les autres savent que le poney n'est pas spécialement à moi, mais ils me laissent jouer comme s'il était à moi.

Une fois que j'ai mangé tout ce que je pouvais avaler, je demande si je peux avoir encore deux petits gâteaux pour, s'il te plaît, les emmener avec moi. Le poney et moi on aimerait bien avoir un petit gâteau chacun en plus des boulettes de viande et de la gelée anglaise. C'est ça qu'on aura pour déjeuner. J'ai mon thermos et un sac en papier, y a plus qu'à les remplir.

Je passe mon temps à dire que ci ou ça est à moi, mais en fait rien ici ne m'appartient à part un ou deux trucs que j'ai amenés avec moi. Ici, tant qu'on se sert de quelque chose ou qu'on joue avec, on a le droit de dire que c'est à vous. Quand on a fini de s'en servir, on le nettoie, on le remet à sa place, comme ça le suivant peut dire que c'est à lui. C'est la règle.

J'ai mon déjeuner, je suis habillée chaudement, me voilà prête à partir.

Alors j'y vais, je quitte la maison, et par la fenêtre de la cuisine ma nouvelle maman me regarde traverser le jardin en courant pour aller jusqu'au pré.

Je suis obligée de baisser la vitre de la voiture et de passer la tête dehors. Dora est habituée au parfum de sa mère, quant à mon papa, il n'a plus d'odorat. Le type au sourire, bien poli, fait celui qui ne remarque rien.

Il se contente de conduire doucement dans le petit chemin en évitant les trous et les endroits défoncés. Avant de prendre sa prochaine fournée de clients, il fera bien de laver sa grande voiture.

Quand je sortirai, il faudra que je compte les pneus.

La maman de Dora est venue se coller près du type au sourire, et elle se creuse la cervelle pour dire quelque chose qui soit de circonstance. Le type trouvera qu'elle est formidable, et peut-être qu'il lui proposera un emploi.

Quelle belle journée ! Voilà ce qu'elle a fini par trouver.

Et moi je regarde sa nuque et je me dis en moi-même ma maman est morte et presque enterrée, mon papa est un monstre, ta fille va probablement me faire pipi dessus avant la fin du trajet, et c'est tout ce que tu trouves à dire.

Par la fenêtre je vois les maisons des gens et les granges et les chiens qui courent dans les jardins. On est bien obligé de tout remarquer vu l'allure à laquelle il va.

Les feuilles sont en train de changer pour de bon. Chaque année je voudrais qu'elles prennent leurs couleurs d'automne toutes en même temps, mais il y en a toujours qui sont en avance ou en retard.

C'est le meilleur moment de l'année, je le sais bien. Les feuilles changent, les gens aussi, et ils font leurs préparatifs.

J'aime bien les livres où on parle des types et des garçons qui installent des bouteilles sur les troncs des érables en Nouvelle-Angleterre. Ils portent des vestes en laine écossaise et des bonnets avec des rabats sur les oreilles, quand ils vont dans les bois chercher le sirop d'érable. Ici, il fait jamais assez froid pour s'habiller comme ça, même au mois de janvier.

L'arbre au milieu du jardin de Junior est plus rouge qu'hier. Quand il devient tellement rouge qu'on dirait un brasier prêt à exploser et à brûler la maison de Junior, les granges, et tout ce qu'il y a dedans, les feuilles tombent de l'arbre. Trixie, la fille de Junior, ratisse les feuilles, elle en fait une pile, les feuilles pourrissent. Et c'est fini jusqu'à l'année prochaine.

Ma tante a entrepris le type au sourire. C'est son emploi à mi-temps. Quand elle n'est pas en train d'arranger sa maison ou de faire des courses avec Dora, elle va chez les gens faire des démonstrations d'appareils qui coupent les légumes et les saucissons en tranches.

Elle amène sa machine en plastique dans votre living, et elle l'installe sur une table de bridge. Une fois que tout le monde a joué à faire des rondelles, elle vous révèle l'Affaire du Siècle. Elle vous dit combien ça vous coûterait dans un magasin. Si le type au sourire a une femme, il peut être sûr que ma tante va rappliquer dans son living avec son coupe-frites d'ici pas longtemps.

En attendant la voilà repartie sur le chagrin et le péché, et comment est-ce que la petite Ellen va bien pouvoir s'en tirer ? Au bout d'un moment, elle écoute le son de sa propre voix, elle sort les mots à la queue leu leu, et à la fin de chaque phrase ou à peu près, elle claque sa langue.

J'espère que cette crâneuse a pensé à prendre des habits de rechange pour sa fille.

Dora a inondé le siège de la voiture. Mon papa s'en rend pas compte, mais moi oui, alors je me glisse encore plus près de la fenêtre pour mettre un peu de distance entre mon ensemble rouge et Dora. Une fille qui a mon âge, et qui se mouille encore une ou deux fois par jour. Je ne peux pas leur rendre cette robe trempée. La maman de Dora, elle pourrait voir Dora qui dégouline de partout, elle jurerait ses grands dieux que sa fille a pas fait pipi.

Tu as raison, tante Nadine. Je te promets de ne plus jamais faire pipi dans la culotte de ta fille.

Elle jacasse toujours, mais au moins je peux respirer en gardant le nez dehors. Faudrait pas que la promenade dure trop longtemps, quand même.

Dora demande si le type au sourire pourrait s'arrêter parce qu'elle voudrait quelque chose à manger. Sa maman lui dit chut voyons, mon petit chou, mais moi je pourrais lui clouer le bec pour de bon.

IV

Pour arriver à l'église, il faut traverser les quartiers noirs. C'est une église où ils ne font rien d'autre que la toilette des morts et les services d'enterrement. Ma tante respire de plus être dans les quartiers noirs. Elle peut déverrouiller sa portière parce que maintenant elle se sent en sécurité.

Ce qu'elle aimerait par-dessus tout, c'est être dans une de ces jolies maisons, à mettre les concombres en rondelles en un clin d'œil. Elle peut vous dire comment les gens gagnent leur argent, surtout les docteurs. Tout ce qu'ils font c'est de tricher, de jouer aux courses, et de rouler les gens. Tout ce qu'on vous demande, c'est de vivre honnêtement et d'aimer le Seigneur du fond du cœur. Le type au sourire, il habite probablement une de ces maisons, et c'est ce qu'il a envie d'entendre.

Moi aussi je vois quelque chose dont j'ai envie dans un des jardins. S'il s'arrêtait, je sauterais de la voiture, j'irais le prendre, et je le jetterais dans le coffre. Je passe par ici en voiture tous les samedis, mais j'ai encore jamais vu cette fontaine. Ça me plairait rudement de l'avoir. Elle ferait drôlement joli dans mon jardin. Je pourrais coller le tuyau d'arrosage aux fesses de ce petit ange et regarder l'eau monter et déborder.

Mais je ne suis pas venue en ville pour piquer un truc dans le jardin de quelqu'un.

Quand on arrive à l'église, c'est bourré, plein de gens que je ne connais pas.

Je suis pas obligée de la regarder. Ça me ferait repenser à d'autres trucs.

J'aperçois Starletta, toute débarbouillée ma foi. Je voudrais bien m'asseoir avec elle et avec sa maman et son papa.

Starletta et sa maman, elles mangent de la terre. Mon papa, une fois, il m'a flanqué une taloche parce que je mangeais de la terre. Mais Starletta, je l'ai vue, les joues rentrées, qui suçait tout le jus qu'elle pouvait de l'argile rouge. Mon papa m'a flanqué une taloche et il m'a tordu le coude jusqu'au nez, et il m'a passé le doigt sur les gencives pour voir s'il y avait des traces de sable. Elle, elle mange ça comme si c'était du bon pain. Pendant que sa maman sarcle le coton, elle reste assise au bout de la rangée. Elle détache un morceau d'argile, elle le fourre entre ses dents, et elle mastique. Elle reste là assise, à manger de la terre, et à se gratter ses piqûres de moustiques. Starletta a des dents orange, et si je lui demande gentiment, elle me fait des tresses.

Je suis dans la partie réservée à la famille, de là on voit le reste des gens. Je ne connais pas le pasteur. Il dit que même s'il n'a pas connu ma maman, il a l'impression de bien la connaître, parce qu'il a fait notre connaissance et qu'on est tous tellement sympathiques. Le fait que ça ne veut rien dire ce qu'il dit là, ça n'a pas l'air de le déranger du tout.

D'ailleurs, qu'est-ce qu'on peut dire d'autre quand c'est bien clair dans la Bible que se tuer c'est jeter à la figure de Dieu un cadeau qu'Il vous avait fait, et qu'Il ne vous le pardonnera jamais de toute éternité ? Le pasteur laisse ça de côté et enchaîne vite fait sur les vertes vallées et les rues pavées d'or et d'argent.

La maman de ma maman est assise un peu plus loin dans la même rangée que moi et mon papa. Elle s'est déjà penchée en avant, elle a regardé de notre côté, et elle a traité mon papa de salaud.

Elle a pas mal de fric. Tous les samedis une de ses filles l'emmène en voiture chez le coiffeur. Elle fait ses courses en ville et elle rentre chez elle avec des chapeaux et des robes dans des grands cartons. Quand je vais la voir elle me dit de marcher doucement et de pas claquer la porte. Comme si elle me connaissait à peine, et qu'elle pouvait pas avoir confiance.

On jurerait qu'elle est prête à s'envoler de sa chaise et à battre des ailes dans toute la chapelle. J'ai idée que d'ici la fin de la journée, elle aura planté ses serres dans la chair de mon papa, et il faudra qu'on les sépare. Une année, il a débarqué chez elle au beau milieu de la dinde de Noël, fin soûl, alors elle a pris son élan et elle s'est jetée sur lui. Elle est petite, rapide, et elle pique des rages, mais il paraît qu'elle n'est pas folle. Mon papa, si elle lui arrachait les yeux en privé, personne y trouverait à redire. Mais dans un lieu public, ça dérange les gens de la voir s'attaquer à lui. Personne ose se mettre en travers. Elle le traite de nègre et de racaille pendant si longtemps qu'elle en a la voix tout enrouée. Y a quarante ans que ça couve, à cause de ma maman, sa haine et sa rancœur. Ça se pourrait qu'elle tienne pas le coup jusqu'à la fin de la cérémonie.

Starletta est vautrée sur sa maman. Je sais qu'elle supporte pas de rester assise sans bouger plus de cinq minutes. Si sa maman la retenait pas, elle irait rouler par terre et elle se traînerait à quatre pattes jusqu'à la fenêtre pour se sauver. Dans une minute, Starletta va recevoir des coups sur la tête.

A peine on entend amen, la maman de ma maman se lève et elle sort. Elle crie plus. Plus de nègre, plus de racaille : elle est plus là.

Et mon papa est capable de croire que c'est fini. Elle est partie. Tant mieux. Je vois pas pourquoi je paierais pour sa fille.

Rabattez le couvercle. Fermez-le bien. Ta maman s'est envolée. Elle a pas attendu de voir se rabattre le couvercle.

Je ne veux pas regarder. Non.

Alors pourquoi je suis encore là ? J'en ai bien assez vu dans cette chapelle.

Il va pleuvoir dans pas longtemps. On reviendra mettre des fleurs sur la tombe sous la pluie.

Ne faites pas ça pendant que tout le monde regarde. Les gens ne veulent pas voir un mort disparaître sous leurs propres yeux. Pas moi en tout cas.

Je suis obligée de regarder ?

Est-ce qu'elle est là-dedans ?

Tout se passe en pleine lumière, disait le magicien.

Où est-elle ? Pas dans le cercueil ? On ne se repose pas dans un cercueil.

Et maintenant voilà la pluie qui tombe et le vent qui la pousse jusque dans la tente, alors les gens remontent leur col pour se protéger et ils ont qu'une envie, c'est de rentrer chez eux.

J'ai trouvé la maman de ma maman toute seule dans son coin. Qui regardait tout ça à travers la pluie. Comme si elle tenait l'enterrement sous surveillance. Sa haine vole à travers la pluie et le vent jusqu'à mon papa. Lui qui a tout bloqué sauf sa respiration, et il faudrait l'obliger à sentir quelque chose pour qu'elle puisse lui faire mal.

C'est fini. Tu peux regarder maintenant. Y en a qui courent vers leur voiture, mais y en a d'autres qui viennent me poser la main sur les genoux. Si tu as besoin de quelque chose, surtout dis-le nous. Non, pas maintenant, on en reparlera. Quelqu'un m'a glissé un dollar.

Le type au sourire me tapote la tête et dit qu'il va me ramener. Sa main est grande et tiède et elle me couvre toute la tête. Je parie qu'il va me tenir la main et me laisser venir devant avec lui. Je marche tout près de lui et je sens l'odeur de son uniforme bleu.

Ici je n'ai plus à m'en faire pour les serpents. Le poney leur fait peur, et puis de toute façon, je suis perchée là-haut, alors ils peuvent pas me piquer.

Quand je m'arrête pour pique-niquer, je mets Dauphin tout près, comme ça il les empêche d'approcher et j'ai pas à m'en faire.

La meilleure façon de s'installer pour la journée, c'est d'étendre par terre la couverture du poney et de mettre ses provisions dessus. Ça prend tellement de temps d'aller de ma maison au petit bois de pins que le poney a eu chaud et qu'il a besoin d'un long repos. Je l'ai attaché au bout d'une longue corde.

On peut attendre un peu pour manger. J'ai oublié de prendre un livre, alors il n'y a rien d'autre à faire que de s'allonger sur le dos et de regarder les arbres. Ils se balancent d'avant en arrière comme s'ils avaient compris qu'on a besoin de faire une petite sieste.

V

Quand le type au sourire nous a déposés mon papa et moi devant le jardin, je l'ai remercié de nous avoir raccompagnés et je suis rentrée dans la maison. Mon papa est entré aussi, il a pris ses clefs, et il est reparti dans la camionnette. Il n'est pas revenu avant la nuit suivante, et je ne saurais pas dire ce qu'il a bien pu faire dans l'intervalle.

S'il était resté, il aurait bien mangé. Manger, c'est la première chose que j'ai faite après avoir enlevé mon ensemble. Je l'ai replié et je l'ai fourré dans un sac en papier pour la maman de Dora. Il fallait qu'elle rentre chez elle parce qu'elle avait à faire, elle viendrait le reprendre la semaine prochaine. Je savais bien qu'elle voudrait le récupérer. Je ne l'avais pas sali, et il ne sentait pas mauvais.

Les femmes qui avaient assisté à l'enterrement avaient fait des tourtes aux légumes et des salades. Mais y avait pas de viande. Trois pots de thé sucré et un sac tout graisseux avec du cake au maïs. J'ai mangé directement dans les plats sans me servir d'une assiette.

Dehors il s'est mis à faire nuit. J'ai décidé d'aller à l'école le lendemain.

Sa maman est morte, ils diront.

Pour aller à l'école j'ai mis sur moi des affaires à ma maman. Personne le saurait. Juste des trucs sous ma robe. Elle était pas tellement plus grande que moi.

Je suis bizarrement bâtie. Mais je ne suis pas difforme. Ma tête est trop grosse par rapport au reste du corps. Ça ne se remarque pas trop. Quand j'aurai des seins et des hanches ça rétablira l'équilibre. Ça fait maintenant un bout de temps que j'attends ça.

Ça me faisait plaisir de porter les habits de ma maman. Pour pas tout perdre. Ce soir-là, j'ai regardé toutes ses affaires.

Les bas, même ceux qu'elle avait portés, étaient pliés au genou et à la cheville et posés à plat dans le tiroir. J'ai décidé que je porterais tous les jours un petit quelque chose. Ça tombait bien parce que dans mes affaires, la seule chose qui m'allait encore à peu près c'était les chaussettes.

Je voyais bien que les maîtresses mouraient d'envie de me poser des questions. Elles avaient fait une collecte auprès des élèves pour donner des fleurs. Elles étaient pas obligées de faire ça, alors je les ai remerciées. A la récré, je suis allée à la bibliothèque et ma maîtresse m'a suivie. Même si elle le savait déjà, elle voulait que je lui raconte comment ma maman était morte. Comme ça pendant le dîner elle pourrait raconter à son mari ce que je lui avais raconté. Quand ça a été à moi de parler pour raconter toute l'histoire, j'ai fait ni une ni deux, je suis sortie de la bibliothèque, et de l'école.

C'est une maîtresse que j'aimais bien au début. Ma seule raison d'aller en classe, c'était de sortir des livres, et de lui gratter le dos pendant l'heure de la sieste. Mes doigts sentaient le talc pendant le reste de la journée. Elle me laissait ramasser l'argent du lait, parce que je sais compter la monnaie.

Starletta était sur les marches de l'école. Elle est moins bonne élève que moi, mais elle est plus marrante. Ce jour-là elle était occupée à baisser ses chaussettes pour se gratter. On a décidé de rentrer à pied au lieu de prendre le car.

Quand je suis arrivée à la maison, il faisait déjà nuit et il avait allumé les lumières. Je suis entrée et je lui ai pas parlé.

Je lui parlais pas, ou bien je rentrais le moins possible à la maison. L'hiver, quand ils ont coupé l'électricité, il a bien fallu que je lui demande de m'emmener en ville avec de l'argent pour qu'ils la remettent.

Il ne faisait plus rien d'autre que de boire et de dormir. Ses deux frères Rudolph et Ellis sont arrivés un jour et ils l'ont trouvé couché de tout son long dans le jardin, ivre mort. Ils l'ont traité de tous les noms, et ils l'ont mis au lit, et puis ils sont revenus le lendemain, une fois qu'il avait dessoûlé.

C'est vous les hommes d'affaires, il leur a dit. Moi en affaires j'ai jamais été fortiche. Vous avez qu'à faire comme vous croyez. De m'occuper de moi tout seul je trouve déjà ça dur, alors la ferme j'y arrive plus du tout, il leur a dit.

Là-dessus ils lui ont demandé de signer tous les papiers et ils sont allés en ville faire les formalités.

Maintenant, mon papa leur a dit, quand ils l'ont raccompagné et qu'ils sont repartis, maintenant je suis tranquille.

Maintenant je suis un homme libre, il arrêtait pas de répéter à ses copains noirs.

Tous les mois un de ses frères lui apportait une enveloppe avec de l'argent en liquide dedans, et je m'arrangeais chaque fois pour mettre la main dessus en premier. Ils la laissaient dans la boîte aux lettres, parce qu'ils devaient penser qu'on n'était pas là ni l'un ni l'autre. Je calculais combien il me fallait en gros, et je prenais la somme. Y a l'électricité à payer, le gaz pour le chauffage et la cuisine, la nourriture, et les petits trucs en plus. Les gens qui envoyaient les factures disaient ne réglez pas en espèces, mais moi au moins je leur envoyais le compte exact. Le reste de l'argent, je lui laissais, et il le mettait de côté pour pas avoir de souci à se faire.

Je décrivais de larges cercles autour de lui.

La seule difficulté, c'était pour manger. Pendant tout le temps où j'habitais avec lui, soit il mangeait dans un bistrot en ville, soit il se passait de manger. Je voulais pas l'accompagner au restaurant parce que je voulais pas qu'on me voie avec lui. Voilà tout.

N'empêche que j'arrivais à me nourrir. J'avais d'abord essayé de faire ce qu'on nous donnait à l'école, mais j'avais fini par trouver que le meilleur système, c'était l'assiette surgelée avec la nourriture toute prête dedans. Une viande, deux légumes, et une lichette de dessert.

Une fois par semaine, le chauffeur du car de ramassage me laissait descendre devant le supermarché et je rentrais en stop.

L'embêtant, c'est quand il s'est mis à faire froid. Le papa de Starletta a fait venir le type du chauffage, et il m'a emmenée en ville acheter un manteau. On est allés dans les magasins du quartier noir et il a acheté pour Starletta et pour moi des manteaux en velours côtelé. Le mien était doublé de mouton. Starletta a dit qu'elle allait transpirer là-dedans, alors elle en a pris un qui était pas doublé.

Le poissonnier a continué à venir même une fois qu'il faisait froid. C'était un type qui s'appelait Jim, il avait une grande voiture genre canadienne avec la balance et le poisson à l'arrière, et des boîtes de sucres d'orge sur le siège avant. J'achetais régulièrement un poisson, et il me disait comment le faire cuire. J'achetais une boîte de sucres d'orge chaque fois que mes réserves baissaient. On a intérêt à acheter en gros.

Je lui demandais toujours de couper les têtes des poissons et de bien me les nettoyer. C'était du poisson d'eau douce, et mon préféré c'était la perche. Je ne sais pas comment il s'y prenait pour attraper les poissons quand les étangs étaient gelés. J'imagine mal Jim pêchant à la façon des Esquimaux.

Bientôt il s'est mis à faire trop froid pour que Starletta et moi on puisse continuer à jouer dans les fossés. Dommage. Elle avait tout le temps le nez qui coulait. Sa maman l'obligeait à rester chez elle après l'école.

Moi il fallait bien que je trouve quelque chose à faire, alors la plupart du temps je jouais au catalogue. Je commençais par choisir la petite famille, et puis l'équipement ménager, et ensuite les habits. Chemises de nuit et pyjamas, veston pour l'homme, survêtements. J'habillais tout le monde. La maman, le papa, les mignons petits enfants. Ensuite je leur choisissais tout l'équipement pour le camping, un moule à gaufres, le mobilier de la chambre à coucher, des jouets. Quand ils avaient ce qu'il leur fallait pour l'hiver, je prenais de l'avance et je faisais les achats de printemps. Pour ça il fallait que j'utilise un vieux catalogue, ma foi tant pis s'ils n'étaient pas à la dernière mode, ils pouvaient pas s'en rendre compte. Je leur dégottais toujours des prix intéressants. Le mari travaillait en usine, elle était réceptionniste. Ils aimaient s'habiller après le travail. Mes préférés, c'était les poupons à la figure toute ronde. Certains des enfants n'avaient pas l'air très naturel.

Est-ce que j'ai l'esprit d'équipe et le sens des responsabilités ? Quand j'en ai eu assez des catalogues, je me suis inscrite aux Eclaireuses. Elles avaient affiché leurs tracts à l'école, et ça m'avait paru sympa.

Dans l'enveloppe, y avait un peu plus d'argent que d'habitude, alors j'ai demandé au papa de Starletta de m'emmener en ville pour acheter mon uniforme et les accessoires. Comme j'achetais rien pour Starletta, elle a fait une crise et elle s'est roulée par terre. Elle pouvait pas avoir d'uniforme, parce que dans mon quartier, ils n'ont pas de troupes scoutes pour les Noirs. En ville peut-être.

Je me suis équipée au grand complet. La cantine, les chaussettes, la cravate. Le manuel, tout ce qui était réglementaire.

En six mois j'avais gagné tous les badges sauf celui de natation. Pour moi, c'était plus important d'avoir les badges que de pas tricher, alors je signais avec les initiales de mon papa pour dire que j'avais brodé un mouchoir, ou fait un bandage sur une foulure, bref ce qu'il fallait avoir fait pour avoir le badge.

Je suis restée aux Eclaireuses jusqu'à Noël. Et puis j'en ai eu assez d'aller aux réunions.

Noël est entré dans ma maison grâce à la télé, avec les gens qui buvaient du lait-de-poule et qui décoraient des sapins. J'étais bien contente de pas croire au Père Noël. Comme disait mon papa : faites des vœux dans une main, crachez dans l'autre, vous verrez laquelle des deux se remplit la première.

Même si je croyais pas au Père Noël, il fallait bien que j'aie un petit cadeau tout de même. Alors la veille de Noël je suis allée avec Starletta dans les magasins du quartier noir, et je me suis acheté des choses dont j'avais envie depuis longtemps, et puis du papier pour les envelopper.

Je savais que la maman de ma maman faisait sa dinde de Noël comme d'habitude, mais je m'en fichais parce que sur mon assiette surgelée y avait une tranche de dinde avec de la farce et de la sauce aux airelles en plus des deux légumes et de la lichette de dessert.

Du moment qu'il y a la Grande Parade de Noël à la télé.

Pour Starletta et sa maman et son papa, j'ai acheté un joli porte-louche. Pendant qu'ils ne regardaient pas, j'ai demandé à la vendeuse de faire un paquet-cadeau pour celui que j'avais vu avec un poulet vert dessus. Ensuite, tout l'argent qui restait était pour moi.

De faire des courses de Noël, j'en avais le cœur

battant. Le magasin était tout illuminé, plein d'animation, et les clients avaient tous des cadeaux plein les bras.

Je me suis acheté deux sortes de papier à dessin, un microscope en plastique avec ses plaques de préparation, un gros cahier relié qui fermait à clef, un réveil, et des chaussures.

Quand je suis rentrée à la maison, j'ai enveloppé les cadeaux, et je me suis demandé si je devrais pas envelopper quelque chose et le laisser en évidence pour mon papa. J'avais pas assez de papier. De toute manière, il ne rentrait pas à la maison ce soir-là.

J'ai fait mes paquets-cadeaux sur la table de la cuisine, et puis je les ai cachés.

Quand je les ai trouvés le lendemain, ça m'a fait une surprise, une vraie surprise de Noël.

VI

De la route, vous voyez la fumée qui s'élève de la cheminée. Là où la fumée sort, vous savez qu'il y a un bon feu à l'intérieur.

La maison où Starletta habite avec sa maman et son papa sent toujours la friture, mais si on reste un petit peu avec eux, on s'habitue.

Entre donc, voilà ce que son papa me dit, et il me prend mon paquet. Dans les endroits chics, y a comme ça des types qu'on paye pour prendre les paquets des dames.

Sa maman est devant sa cuisinière, en train de faire frire et bouillir des trucs, et elle dit au papa de pas laisser toute la chaleur se sauver par la porte.

Il se glisse en douce derrière elle et il lui pince les fesses.

Je l'ai vu faire.

Ils feraient pas des trucs comme ça s'ils étaient dans le supermarché ou dans les champs en train de travailler. Quand ils marchent sur la route ou qu'ils cueillent le coton, ils se parlent pas, comme s'ils savaient même pas qu'ils sont ensemble. Les gens disent qu'ils se prennent pas pour des Blancs.

Je les aime beaucoup tous les trois, mais je ne crois pas que je pourrais boire dans un verre où ils ont bu. J'essaie de voir ce que Starletta laisse sur la bouteille quand elle boit au goulot, mais j'ai jamais rien vu à l'œil nu. Quelque chose de tellement petit, ça pénètre dans votre organisme et ça fait forcément des dégâts.

Ils passent leur temps à nettoyer la maison, et malgré tout elle reste sale. Entre les planches du plancher, y a plein de terre et de petits bouts de bois. Il faudrait un tapis pour le cacher, ou alors un appareil pour aspirer tout ça. Sa maman dit qu'on a beau s'échiner à balayer, balayer, toujours balayer, c'est comme si on faisait rien.

Ils partagent tous les trois la même chambre. Moi je supporterais pas ça. Pour faire leurs besoins, ils sortent dehors, et s'il fait froid, ils font dans un pot qu'ils gardent dans un coin. Quand un des trois va faire, je suppose que les autres regardent ailleurs en fredonnant un petit air. Moi je me retiens jusqu'à ce que je sois rentrée chez moi.

Et ils n'ont jamais eu de télé.

La seule qui sache lire, c'est Starletta, et encore, y a des mots qu'elle saute.

Sa maman fait des dessus-de-lit en patchwork. Elle les décore avec des fleurs, des petits Hollandais et des petites Hollandaises en sabots, ou des carrés, tout simplement, tout ce que vous lui demandez. Elle les vend à des femmes blanches en ville, qui les revendent à des prix faramineux. Moi ça me ferait râler.

Je ne sais pas d'où ils viennent, Starletta, sa maman et son papa. Peut-être de la ville. Eux, ils vivent normalement, mais la plupart des Noirs, ils ont dans la même maison une ou deux grands-mères et une tripotée de cousins. Une famille sur la route, là-haut, ils étaient à quinze dans une seule maison, et quand ils avaient plus d'assiettes, ils mangeaient sur des disques. Oui des disques, comme ceux qu'on écoute. Parole.

Le papa de Starletta porte une veste verte et un chapeau qui va avec. Castro a un chapeau exactement pareil. Il ne m'a jamais embêtée, lui, pas Castro, et c'est le seul Noir qui n'achète pas d'alcool à mon papa. Je ne sais pas à quoi il dépense son argent.

Viens voir ce que le Père Noël a apporté à Starletta, voilà ce qu'il me dit de faire.

Elle me regarde, et elle fait une petite grimace contente. Une de ses mains est occupée avec un jeu de construction, l'autre est en route vers son nez.

Ça se comprend qu'elle ait l'air contente. Elle a des beaux jouets. Moi aussi je serais fière à sa place. Une ville orange et verte qui se replie dans le carton qui sert à la transporter, un petit négrillon dans son berceau aussi grand qu'un vrai bébé, des livres d'images, des chaussettes et des habits, et puis le jeu de construction.

Starletta est encore en chemise de nuit, elle est pas débarbouillée.

Si tu veux que je joue avec toi, il faut que tu fasses ta toilette d'abord, je lui dis.

Elle va se planter devant la cuisinière, sa maman la débarbouille un petit coup et lui passe des habits.

Je suis trop grande pour jouer avec les jouets de Starletta, mais quand ils sont neufs ça peut aller à la rigueur. Je sais combien de temps ils durent, ses jouets. En un jour ou deux, ses poupons ont la même odeur qu'elle, et si on lui donne des pastels pour colorier elle les casse en deux pour les entendre faire crac. Je refuse de me servir d'un pastel cassé pour colorier. Je lui ai fait amener sa dernière boîte chez moi, et je les ai recollés avec du scotch bien comme il faut. Eh bien elle était pas contente du tout.

On a joué à mettre tous les petits personnages à leur place dans la ville. Elle va pas en ville comme moi, alors il a fallu que je lui explique où chacun allait. Mais même moi j'en avais un ou deux qui restaient en rab, et il a fallu que je regarde sur le couvercle pour savoir où il fallait les mettre. Une fois que j'ai eu fini, je lui ai dit de bien regarder pour faire pareil la prochaine fois. Elle a allongé le cou pour regarder d'abord une rue et puis l'autre, mais je voyais bien qu'elle retiendrait pas.

Son papa m'a demandé si je voulais rester manger avec eux.

Non. Je vais juste rester jusqu'à ce que vous ayez fini si ça vous dérange pas.

Tu sais que tu peux rester autant que tu veux, sa maman a dit. Tu nous déranges pas. Tu nous déranges pas du tout.

Ma maman...

Je reste à jouer un peu avec la petite ville pendant qu'ils mangent.

Est-ce que je suis obligée de regarder ?

Je pourrais m'en aller.

Starletta se glisse de sa chaise, et sa maman lui dit de m'amener quelque chose, il faut manger, voyons.

Elle est toute petite, Starletta.

Elle s'est approchée de moi avec un petit gâteau dans la main, et elle me l'a brandi devant la figure. Même si ça a l'air d'un bon petit gâteau, n'empêche que c'est des gâteaux de Noirs.

Sa maman et son papa se lèvent de table, et un des deux annonce qu'ils ont quelque chose pour moi.

Pour moi ?

Tu as été bien sage, non ?

Plus que sage. Qu'est-ce que c'est ? Est-ce que c'est dans le carton ? Qu'est-ce qu'il peut bien y avoir pour moi dans un carton ?

Oh, c'est un chandail ! Et joli comme tout, avec ça. Je raconte pas des blagues, on dirait jamais un chandail de Noir.

J'aimerais bien le mettre tout de suite si c'est possible, je pourrais le passer par-dessus ma chemise, je dis, et la vérité c'est que j'ai bien envie de verser une petite larme.

Vous voulez ouvrir votre cadeau devant moi, ou vous préférez attendre que je sois partie ?

C'est vraiment trop gentil. Il ne fallait pas.

Mais si il fallait.

Ça alors, ça alors, dit la maman et elle se lève pour aller le mettre sur sa cuisinière.

D'où je suis je vois que ça fait vraiment joli. Ça met de la couleur.

Il faut que je parte maintenant. Il faut que je rentre.

Reste ici. Qu'est-ce que tu vas faire chez toi ?

Oh, j'ai de quoi m'occuper.

Tu reviens chez nous quand tu veux, il dit. Ensuite il demande si mon papa est à la maison aujourd'hui.

J'en ai pas vu l'ombre.

S'il est là quand tu rentres, tu reviens chez nous si tu en as envie, il dit. Reviens chez nous si tu veux.

Finalement je rentre, il est toujours pas là. Je me demande s'il a pas culbuté dans un fossé, et peut-être qu'il a gelé sur place. Un jour de Noël, personne irait le chercher. Il aurait le temps de devenir tout violet, et dur comme de la glace. S'il est gelé mais qu'il est pas mort, est-ce qu'on peut le dégeler pour le ramener à la normale ?

Demandez-moi si je le ferais.

Pendant qu'il n'est pas là, je reste dans le living à regarder la télé. Chaque fois que je l'entends rentrer avec sa camionnette je file dans ma chambre et j'y reste jusqu'à ce qu'il reparte, ou alors je me sauve par la fenêtre si je sais où aller.

C'est bien mieux quand il est pas là. S'il ne se présente rien à faire d'intéressant, je tournicote jusqu'à ce qu'il me vienne une idée.

Je pourrais m'habiller avec les habits de ma maman, mais ils sont plus là. Il y a quelque temps, la maman de ma maman a envoyé une de ses filles qui a empilé toutes les affaires de ma maman dans une grande boîte en carton et qui a fourré tout ça dans l'auto. Moi j'étais là, je regardais faire. Allez, toutes les chaussures et tous les bas, portés ou pas portés. Toutes les robes et tout le linge de corps et les colliers que j'avais jamais vu ma maman porter. Elle m'a dit de bien répéter à mon papa ce qu'elle avait à lui dire, c'était pas compliqué. Attention, retiens. C'est qu'elle aimait mieux que ça soit des vrais nègres qui aient les affaires de ma maman plutôt que des gens comme nous qui boivent et qui se comportent comme les derniers des derniers.

Je voyais pas bien ce qu'elle voulait dire étant donné que je ne bois pas, et que je n'irais même pas manger dans un restaurant pour les Noirs.

Donc j'ai plus les habits à me mettre. Et j'ai fini tous les livres.

Le biblio-bus ne fonctionne pas pendant les vacances, ce qui fait que je ne peux aller chercher des livres au coin de la rue.

Un truc comme ce biblio-bus, c'est tout simplement formidable. Un bus qui arrive de la ville bourré d'histoires qu'on peut prendre et ramener chez soi. Au bout de quinze jours vous les ramenez et on vous en donne d'autres. Si vous êtes en retard, vous payez une amende.

Ils prennent les livres à la grande bibliothèque, et c'est comme si vous étiez sur place, sauf que vous êtes dans un bus.

Je trouve ça formidable.

Quand je suis à court d'histoires empruntées, je regarde les encyclopédies. Je sais que ça coûte de l'argent, et je ne sais pas comment elles ont échoué dans cette maison. Je ne sais même pas si elles sont à moi ou à qui elles appartiennent exactement.

Dans le volume des E, sous le mot « éternuer », il y a une photo d'un homme qui éternue, et ça s'est arrêté pile au milieu de l'éternuement. Ils ont pris la photo en vitesse et ça fait des milliers de petites gouttes.

Dans le volume des P, il y a deux poèmes, et ils vous

expliquent ce que les poèmes veulent dire, je me demande bien pourquoi étant donné qu'ils sont écrits en anglais. Ils vous font tout un petit speech sur la poésie, et ils vous indiquent des poèmes que vous pouvez aller lire de votre côté et qui vous plairont sûrement beaucoup.

Quelquefois je lis le poème de Shakespeare tout haut, en mettant le ton, lentement, parce que c'est comme ça que c'est le plus beau. Celui qui parle d'une écharpe qu'on lance au-dessus de l'horizon, il me donne envie de tourner comme une toupie pendant que je le récite. Je tourne, je dis les mots, je dis les mots, je tourne, et si j'avais l'écharpe de ma maman, je la lancerais pour couvrir l'horizon, en entier ou à moitié, tout en disant les mots du poème.

Dauphin et moi, ça fait trop longtemps qu'on est dans les bois. Je ne saurais pas dire depuis quand on a quitté la maison, mais j'ai l'impression que ça fait un bon bout de temps. C'était mon idée, de partir toute la journée, mais il aurait fallu que j'amène quelque chose à lire.

On pourrait rentrer. Vous savez, ils font tous quelque chose en groupe, cet après-midi. Ma nouvelle maman aime bien qu'on fasse ça une fois de temps en temps, mais elle me force pas.

On est cinq, ici. Je les aime bien tous, mais je ne les connais pas vraiment.

Si Dauphin comprenait la situation, il serait content de rentrer lui aussi, je lui remets sa couverture et sa selle et je lui dis on rentre.

Une fois qu'on est rentrés, il se fait étriller avec la grande brosse. Ça doit être drôlement agréable.

Ils sont en train de faire une serre d'intérieur. Elle a dit la semaine dernière qu'elle voulait mettre un peu de printemps dans cette maison. Et voilà l'idée qu'elle a eue.

Moi je peux faire ça. Attendez que j'enlève ma veste.

Eh oui. Une serre. J'en ai vu dans les magasins. Mais nous on va la faire nous-mêmes.

Au tour d'Ellen de mettre de la terre.

OK. Il ne faut pas mettre de terre le long des parois de verre pour que les gens puissent voir comme c'est joli à l'intérieur.

Tu en as déjà fait ? ma nouvelle maman demande.

Non, mais c'est une question de bon sens.

C'est bien. Maintenant, au tour des autres. Allez, tout le monde met quelque chose.

La dernière chose qu'on ait faite tous ensemble, c'était un aquarium. Elle avait rapporté de la ville le bac, les poissons et les accessoires, et elle nous avait expliqué comment empêcher que les poissons meurent. Chacun était chargé d'un poisson. S'ils mangent trop, ils éclatent. Le mien était bleu, et il avait des plus grosses lèvres que les autres. Je l'avais appelé John mais j'avais prévenu que je lui changerais son nom dès que j'aurais trouvé quelque chose d'original.

Allez, je mets encore une plante. Une fougère.

Bon, ça suffit comme ça. Mettons-la près de la fenêtre pour que tout le monde puisse en profiter.

Elle est bien éclairée et elle aura du soleil tout l'après-midi. On est tous là devant à la regarder.

Ça va, Ellen ? Tu es sûre que ça va ? Elle ne te plaît pas, notre serre ? Tu as pourtant fait du bon travail.

Ça va. C'est juste que j'ai faim, je lui dis.

Je voudrais bien te laver les cheveux avant de préparer le dîner. Va chercher du savon et une serviette et viens me retrouver près de l'évier.

C'est mieux quand c'est elle qui me lave les cheveux. Je pourrais bien sûr le faire toute seule, mais ils sont devenus tellement longs que c'est plus commode que ça soit elle.

Quand il faisait encore beau, elle s'asseyait avec moi

sur les marches derrière la maison pour me les démêler. Tu en as des beaux cheveux. Comment tu fais pour avoir des si beaux cheveux ? elle me disait.

Il faut que je grimpe sur un tabouret pour que ma tête atteigne le robinet. Elle me laisse tâter l'eau, et quand elle est juste à la bonne température, je lui dis. Je fourre la tête sous l'eau, et ça me réchauffe tout le corps, même aux endroits où l'eau ne touche pas. Elle frotte, et je sens ses longs doigts sur ma tête, et je prie pour que ça prenne longtemps longtemps de me laver.

C'est agréable ?

Oui oui, très agréable.

Je m'allonge sur mon lit là où le soleil arrive par la fenêtre, ça fait un carré bien clair bien chaud. Je laisse mes cheveux pendre sur le côté pour pas mouiller le lit.

Du lit, je vois la glace. J'ai beau essayer tous les angles pour me regarder, j'ai jamais l'impression que c'est moi.

Mon papa revenait de moins en moins à la maison. Allez savoir où il habitait. Tout ce que je sais, c'est qu'il n'aurait quand même pas eu le culot d'aller se mettre avec une putain.

La veille du jour de l'An il a débarqué. Bien sûr, quand je l'ai entendu arriver avec toute une bande de Noirs, j'ai filé me cacher.

Ils sont entrés dans ma maison, ils ont ouvert mon frigidaire, et ils se sont tordus de rire en voyant mes surgelés et mes jus de fruits. Ils ont pris mon pain et mes gelées anglaises pour se faire des tartines, et on les entendait claquer la langue dans toute la maison.

Qu'ils s'étouffent avec. Que ça leur reste en travers de la gorge et qu'ils crèvent, moi je mettrai le feu à la maison et je les ferai tous cramer, oui, même mon papa, et comme ça on n'en parlera plus.

Ils l'appellent M'sieu Bill.

M'sieu Bill. Laissez-moi rire.

Je voudrais qu'ils se tirent d'ici parce que ma fenêtre est coincée par le gel.

Ils fouillent dans tous mes placards. Je les entends ouvrir les portes et les claquer pour trouver quelque chose à manger qui soit pas des surgelés.

De quel droit ils viennent s'installer chez moi et se goberger à mes frais ? Et d'abord, qui leur a donné la permission de venir ?

Allons bon, mon papa a sorti sa guitare, il est persuadé que le roi de la guitare c'est lui. Il penche la tête et il chante la Grande Valse du Tennessee, mais son air préféré c'est *On Top of Old Smokey*.

Il annonce qu'il va jouer un air en souvenir du bon vieux temps.

Seigneur Jésus, ils connaissent tous les paroles. Ils sont combien, là-dedans ? Je ne peux pas dire exactement, mais au moins cinq ou six qui sont là à boire du whisky dans mes verres et à chanter *On Top of Old Smokey*.

Y en a un qui dit à mon papa qu'il a une chouette maison, et si c'est pas une pitié de voir un homme vivre tout seul comme ça.

Mon papa dit qu'il a une fille en vadrouille quelque part.

Le même Noir lui demande quel âge elle a, sa fille.

Il dit que j'ai neuf ou dix ans.

Moi j'ai épousé Delphi quand elle avait treize ans, il dit à mon papa. La tienne est quasiment mûre. Faut les prendre pendant qu'on peut encore rentrer dedans comme dans du beurre. Voilà ce qu'il dit, ce type.

Mon papa ne répond pas, mais le type rigole quand même. Je parie qu'il fait une grimace.

Ils ont pas l'air prêts à décoller de si tôt, alors je me mets dans la penderie.

Qu'est-ce qu'il y a d'autre à faire quand votre maison

est envahie par des bonshommes noirs qui boivent du whisky en chantant, et que votre papa est pire que tous les autres réunis ?

Vous priez le bon Dieu qu'ils pensent plus à vous, ni à comment on leur rentre dedans comme dans du beurre, ou comme c'est bon de serrer de près une petite bien juteuse. Vous filez, vous filez avant qu'il y en ait un qui se réveille, de tous ces types affalés ivres-morts sur votre plancher. Vous filez avant qu'ils commencent à rêver tout haut du beignet au miel bien baveux. Vous enjambez des bras et des jambes endormis d'hommes vautrés comme des ombres sur votre plancher. Vous avez tellement envie d'y voir un petit quelque chose qu'un rai de lumière finit par vous aider à traverser la pièce et à trouver la porte, et là, la lumière explose en un bruit qui se révèle être la voix de votre papa.

Me touche pas. Il m'écoute pas, il cogne un peu plus fort. Ça n'est pas moi. Non, c'était son nom à elle. Ne viens surtout pas me dire son nom. C'était son nom à elle. Tu le sais bien, alors arrête, non, c'est pas mon nom.

Je suis Ellen.

Je suis Ellen.

Il ravale son venin, et je file aussi vite que je peux. Je file sur la route jusqu'à la maison de Starletta. Jusqu'à la fumée qui sort de la cheminée contre le ciel tout noir. Je file.

Sur le chemin, dans le noir, je rassemble ma tête et tous mes esprits éparpillés qui tourbillonnent, et je me demande bien, oui, on peut vraiment se demander dans quel monde grand Dieu nous vivons.

VII

Je vous donnerai un dollar, voilà ce que j'ai dit à la maman de Starletta quand elle m'a ouvert la porte. J'ai pas besoin de trucs en plus comme de quoi manger ou de me servir des toilettes. Je sais bien que c'est pas un hôtel.

Elle m'a demandé ce qui n'allait pas chez moi.

La question est plutôt comique.

Je lui ai dit que je m'étais retrouvée à la porte par accident mais que je rentrerais dès qu'il ferait jour.

Sa maman a dit que j'étais la bienvenue, et que je garde mes sous parce qu'ils prennent pas d'argent aux enfants.

Et puisque son mari était parti à l'hôpital pour voir sa maman, j'avais qu'à dormir dans le lit avec elle.

Starletta était enfouie au fond de son lit pliant.

Quand je me suis levée le matin j'étais bien étonnée parce que j'avais pas l'impression d'avoir dormi dans une maison de Noirs. Je ne peux pas dire que j'aie officiellement dormi dans le lit, étant donné qu'en fait je suis restée dans mon manteau et sur le dessus des couvertures.

Je suis repartie chez moi et j'ai attendu au coin du petit bois de les voir tous partir dans la camionnette. Alors je suis rentrée dans la maison, et là j'ai mis tout ce que je voulais prendre dans une grande boîte en carton. L'argent qui restait pour payer les factures, plus un sac de vieilles pièces qu'il avait cachées, il a fallu que je grimpe pour les atteindre. J'ai pris des habits de rechange, et j'ai mis mes cadeaux de Noël dans le carton. Apparemment, les types avaient joué avec mon microscope, mais ils l'avaient pas cassé.

Et qu'est-ce que vous emmenez d'autre quand vous quittez un endroit où vous ne remettrez jamais les pieds même si vous oubliez quelque chose qui vous est très précieux ? Il faudra vous en passer, voilà tout.

Et puis il y a les affaires de toilette. Une brosse à dents, un peigne, et des serviettes pour le cas où on ne vous les fournirait pas. Ils auront sûrement des draps pour le lit.

Ensuite il y a : où aller ?

Il faut préparer les choses dans sa tête avant de donner le coup de téléphone. Pour pas avoir l'air d'une idiote.

Allô. C'est Ellen. Je vais très bien. Je me demandais si...

Allô. C'est Ellen. Je vais très bien. Et toi ? Je me demandais si je pourrais venir chez toi. Ce week-end, ça irait ? Est-ce que par hasard tu pourrais venir me chercher tout de suite ?

Je tombe bien du premier coup.

Betsy, la sœur de maman, dit : mais oui tu peux venir bien sûr.

J'ai commencé par elle parce qu'elle a un mari qui est mort il y a pas longtemps, alors je me suis dit qu'un peu de compagnie lui ferait sûrement plaisir.

Je serai ravie d'avoir une petite fille dans la maison, elle me dit.

Ça fait plaisir d'entendre ça.

Le mieux, ça serait que tu me prennes à l'épicerie au coin de la rue. Tu vois où c'est ? Devant la maison, c'est plein de flaques.

Et me voilà partie.

Qu'est-ce que tu veux faire pendant le week-end ? elle me demande dans la voiture.

Est-ce que tu as une baignoire ? J'espère que j'ai choisi quelqu'un qui a une baignoire.

Mais oui, bien sûr, elle dit.

Je sais déjà qu'elle a une jolie maison. Une maison jaune, avec des fleurs qui grimpent jusqu'en haut de la boîte aux lettres, si mes souvenirs sont exacts.

Je n'arrive pas à penser à tout ce que je voudrais faire. Tout se passe tellement vite.

Elle m'installe chez elle, et puis on part faire des courses en ville. Ça n'est pas la même ville. Elle n'arrête pas de dire qu'elle a toujours voulu une petite fille à qui acheter des choses.

Elle n'a pas eu de bébés. Même pas un.

On fait des courses, on m'achète une robe qui me va rudement bien, plus plein de petits trucs. Ce qui me plaît le plus, c'est une paire de gants avec un chat en paillettes brodé dessus. Je ne peux pas les mettre pour jouer, mais qu'est-ce qu'ils sont jolis !

L'après-midi, la soirée, la nuit jusqu'au lendemain, passent comme un rêve. Je ne pense à rien d'autre qu'aux fleurs sur les draps et à la mousse de l'eau du bain.

Bref, la bonne vie.

Dimanche toute la journée on traîne à la maison. Tante Betsy passe une bonne partie de son temps allongée sur le divan à regarder des magazines avec des photos de stars. Elle sourit, elle me dit de faire comme chez moi.

C'est ce que je fais. Je regarde dans les tiroirs de la commode. Je touche les bibelots. Je prends contact.

Elle, elle continue à me dire, fais comme chez toi.

Ça fait plaisir d'être avec quelqu'un qui vous dit des choses comme ça.

Et puis elle demande qui va venir me chercher.

Elle a oublié ou quoi ?

Me chercher pour m'emmener où ? je demande.

Eh bien, chez toi, elle dit.

Je t'ai dit que je voulais venir chez toi, je lui explique, et tu m'as dit que c'était d'accord. Alors maintenant je suis là, et j'ai mis toutes les affaires que j'avais amenées dans la penderie de la chambre.

Elle secoue la tête et elle rit en même temps. Mais non, je voulais dire que tu pouvais venir passer le week-end, et ensuite rentrer chez toi.

C'est vrai ?

Mais qu'est-ce que tu as cru que je voulais dire ?

Que je pouvais venir habiter chez toi.

Ecoute, je suis désolée qu'on se soit mal comprises.

Moi aussi.

Bon. Alors je vais te ramener et tu pourras revenir une autre fois.

Ma nouvelle maman fait ses courses d'épicerie tous les samedis soirs. Elle dit à une grande fille de s'occuper du petit, et elle y va. Quelquefois je l'accompagne, histoire de sortir de la maison. Si on a mis son manteau et son chapeau et qu'on se tient près de la porte, généralement elle veut bien.

Mais si on l'accompagne, il faut l'aider.

Elle en laisse jamais plus de trois à la fois venir avec elle, parce que ça fait forcément des histoires. Une fois, elle avait emmené le petit, et elle est rentrée d'une humeur de chien. Pas commode de faire ses courses avec quelqu'un dans les pattes. Une fois, j'avais emmené Starletta, je m'en suis bien rendu compte.

Elle y va tard le soir pour pas avoir la foule. C'est mieux comme ça, on n'a pas les gens sur le dos pendant qu'on choisit sa viande ou ses fruits. Et puis ils baissent les prix sur les pâtisseries.

Quand j'ai vu tout ce qu'ils avaient comme surgelés dans ce supermarché, j'ai cru mourir. Dix fois plus que dans le mien. Ici, c'est tous les repas qu'on peut trouver en surgelés, et servis sur une assiette. Le petit déjeuner. Le déjeuner. Pas seulement le dîner. Des crêpes. Des chipolatas. Des chapelets de saucisses. De la viande de hamburger déjà mise dans le petit pain.

J'ai essayé d'en faire acheter à ma nouvelle maman, mais elle a dit que c'était moins cher et meilleur pour la santé de préparer les choses soi-même.

Peut-être, mais c'est moins facile.

Quand elle fait ses courses, elle a tout l'argent qu'il faut. Même si elle a trente-six paquets, ça lui arrive pas de remettre un truc en disant je le prendrai la prochaine fois. Elle paye comme j'aime qu'on paye : rubis sur l'ongle.

Quand on rentre en voiture avec toutes ces choses à manger, on s'imagine à l'avance à quoi ça ressemblera quand ça sera préparé, et comme ça sentira bon. Tenez, le poulet, cru ça n'a l'air de rien. Mais une fois que c'est frit, ça fond dans la bouche.

Elle promet de faire du poulet pour le déjeuner dimanche, mais seulement si je l'aide.

Oui oui.

Et est-ce qu'on pourrait avoir aussi du maïs et des pommes de terre, ou bien, s'il n'y a pas de maïs, des petits pois ? Ça serait possible ?

D'accord. Mais seulement si tu m'aides.

Oui oui.

Tante Betsy me laisse sortir de la voiture au coin de la rue, comme je lui ai demandé, et je fais le reste à pied.

Il faudra que je m'enferme, voilà tout, c'est ce que je me dis. S'il faut que je reste ici, j'ai qu'à m'enfermer. Je bloque la porte avec la chaise, et je garde un truc à côté avec lequel je peux taper, au cas où.

Ça m'est arrivé d'oublier, alors il me sautait dessus, mais c'était assez facile de me débarrasser de lui. Si on le pousse un bon coup, on a le temps de se sauver avant qu'il arrive à relever sa vilaine carcasse. Il s'agrippe un peu et il donne des tapes, mais c'est tout ce qu'il arrive à faire, à condition de se dépêcher.

S'il avait commencé par me laisser tranquille au début, tout se serait bien passé, mais à la fin, il savait plus trop ce qu'il faisait. Des fois, il venait se planter devant la porte de ma penderie rien que pour m'asticoter. Il arrêtait pas de me parler des petits nichons de ma maman.

Toi, t'as des nichons de môme, il disait par exemple.

J'avais appris à ne pas respirer, à ne pas faire un geste pour qu'il entende pas que j'étais là. Quelqu'un d'autre qui serait là à parler de berlingot dans la culotte, ça pourrait paraître gentil, mais venant de lui c'était dégoûtant. Il transformait n'importe quoi en saletés.

Le premier jour où je suis retournée à l'école, la maîtresse a remarqué un bleu qu'il m'avait fait au bras, et il y a eu tout un rassemblement à l'infirmerie pour examiner mon cas. A part la femme de ménage, tout le monde a défilé pour constater la chose. J'aurais préféré que personne se mêle de mes histoires.

La maîtresse a dit que ça la fascinait, moi et mon bleu, et qu'elle voulait à tout prix en savoir plus long. Elle me quittait pas des yeux depuis que j'avais refusé de lui parler de ma maman.

Elle m'a demandé comment c'était arrivé tout ça, et j'ai dit que mon papa avait cherché à me coincer et que c'est comme ça que c'était arrivé. Elle était choquée, mais je lui ai dit que j'avais l'habitude, alors que c'était pas la peine d'en faire tout un plat. A force, on s'habitue. C'est comme l'odeur de friture dans la maison de Starletta.

Elle m'a demandé si j'avais un endroit où passer la nuit.

Naturellement ! J'ai une maison comme tout le monde !

Non mon chou. Pas chez toi. Appelons quelqu'un qui viendra te chercher, et je m'occuperai d'aller prendre tes affaires chez toi.

OK d'accord, mais j'ai déjà fait l'expérience.

Qui est-ce que tu connais que tu pourrais appeler ?

Les seuls à qui je pense, c'est Starletta et sa maman et son papa, mais il faut téléphoner à l'épicerie pour qu'on leur transmette le message.

Starletta, est-ce que ça n'est pas ta petite amie noire ?

A la façon dont elle a dit noire, j'ai tout de suite compris que ça n'allait pas marcher.

Oui, c'est elle, j'ai dit.

Ça n'avait aucun sens d'appeler la maman de Dora ou la maman de ma maman. Quant à tante Betsy, elle avait déjà donné.

La maîtresse a dit que j'avais pas à m'inquiéter, qu'elle allait faire le nécessaire.

Parfait. Au fond, peut-être qu'elle aura plus de chance que moi, je me suis dit.

Y avait ma prof de dessin qui restait là sans rien dire. Je ne la connaissais pas bien, mais elle aimait mes dessins.

Elle a attrapé ma maîtresse et la principale par le bras, elle a dit qu'elle voudrait leur dire un mot dans le couloir. Quand elles sont revenues, elles ont dit qu'elles avaient décidé ce qu'on allait faire de moi.

C'est pas trop tôt, je me suis dit. Oui, merci le bon Dieu, c'est pas trop tôt.

VIII

J'ai habité chez la prof de dessin jusqu'à ce qu'il fasse à nouveau chaud et que tout soit vert dehors. Le tribunal avait décidé que je pouvais rester provisoirement chez quelqu'un, en attendant qu'une décision soit prise pour la suite.

Elle habitait dans une maison bleue avec des plantes aux fenêtres et plein de plantes grimpantes dans la cuisine.

Roy, c'était son mari, et il savait faire le ménage comme une femme. La vaisselle, la lessive, tout ça, et quand on lui demandait si ça l'ennuyait pas de faire le travail d'une femme, il souriait, c'est tout.

Elle m'avait dit de l'appeler Julia, par son vrai nom, quand on était à la maison.

Il m'arrivait tellement de choses à la fois que j'avais du mal à suivre. On a fait une chose, c'est d'aller au cinéma en plein milieu de l'après-midi. C'était un grand dessin animé, je serais incapable de retrouver comment ça s'appelait. Au début c'était bien, et puis ensuite c'était trop long, j'en pouvais plus. On n'a pas le droit de se dégourdir les jambes parce que ça empêcherait les gens de voir, alors je suis allée dans le hall et la dame qui vend du pop corn m'a regardée, l'air de se demander ce que je faisais là.

Tout ça allait sur la liste des trucs à raconter à Starletta.

Je dormais dans la chambre d'amis. Elle m'avait dit que je pouvais la décorer si je voulais, mais ça n'a pas d'intérêt quand on sait qu'il va falloir faire ses bagages et s'en aller.

J'avais mis mon carton plein de mes trucs dans la penderie. Quand j'avais rien à faire, c'était commode d'avoir le microscope. J'avais drôlement bien fait de l'acheter.

A l'école ça s'est su que j'habitais chez la prof de dessin. Un élève que je connais pas trop bien en a profité pour faire des réflexions. Comme quoi le fait que j'habitais chez elle expliquait qu'elle me mette toujours des notes mirobolantes à mes dessins. Attends un peu. Il avait intérêt à la fermer, sinon j'allais lui coller mon poing sur la figure, je lui ai dit. Et je me rapprochais de sa figure en disant ça. Il a rien répondu. Il avait intérêt à se méfier, j'ai ajouté. Je suis forte comme un bœuf.

Moi, Julia et Roy on riait bien, on faisait les fous.

Le dimanche, on restait tous les trois vautrés par terre à faire nos portraits respectifs avec les cheveux bleus, ou bien deux nez, n'importe quoi de bête comme ça. Ou alors on lisait Prince Vaillant tout haut en ayant chacun un rôle, et quand c'était à notre tour de lire, il fallait se lever et prendre la pose. Ça c'était le plus amusant.

A mesure que le temps se réchauffait, on passait davantage de temps dans le jardin.

Elle disait qu'elle était contente de voir que j'étais moins crispée. On chahutait, elle me disait vas-y, laisse-toi aller. Lâche la vapeur, allons-y Alonzo, laisse-toi aller. Laisse-toi porter par le courant, elle disait. Invente un air, mets deux ou trois paroles dessus, et laisse-toi porter par le courant.

Des gens qui vivent comme ça, je ne savais même pas que ça existait.

Si vous ne les connaissiez pas, vous pouviez vous dire ça c'est des gens qui débloquent complètement, mais c'est juste qu'ils étaient heureux, heureux avec un grand H, comme elle disait. Quelquefois ça débordait, elle plissait les yeux et elle disait, c'est pas merveilleux, ce soleil ! Ou alors Roy et elle se bécotaient un petit peu et se disaient des mots en français. Quelques fois elle me serrait dans ses bras, et elle disait, tu es trop chou !

Un jour je lui ai demandé comment ça se faisait qu'ils soient là, et d'où ils venaient.

De Pluton, elle a commencé par dire.

J'aurais aussi bien pu dire OK et penser à autre chose, mais l'espace, j'en connaissais un bout. Alors j'ai dit c'est pas vrai, vous ne venez pas d'une autre planète. D'où vous venez pour de vrai ?

Elle a dit qu'elle allait pas me raconter des blagues.

Roy et moi on a tous les deux été élevés dans le Nord, sur la côte Est. On a toujours aimé le Sud, alors quand on a fini nos études, on a décidé de venir s'installer ici et d'avoir des enfants...

Moi ?

... dans un endroit où je pourrais donner des cours de dessin et où Roy aurait la paix pour faire ses trucs.

Oh, je vois.

Notre rêve, ça a toujours été de trouver un endroit bien tranquille à la campagne, loin du remue-ménage des grandes villes. On avait l'esprit tellement pollué par la vie urbaine qu'on avait besoin de tout cet espace et de cette sérénité pour nous trouver nous-mêmes.

Oh, je vois.

Elle avait connu les années soixante. A l'époque elle était hippie, les fleurs dans les cheveux, tout ça, mais maintenant elle s'est rangée pour avoir un boulot stable.

Elle a continué, pour dire que quand elle était jeune...

Comme moi ?

... elle voulait sauver le monde.

Je lui ai demandé de quoi.

Des gens comme ton père, elle m'a répondu.

Hein, quoi ? Il y en a d'autres ? Il n'est pas le seul de son espèce ?

C'est bon à savoir.

Une fois que je m'étais mise à repenser à lui, c'était dur de me le sortir de la tête. Ce qui me turlupinait surtout, c'était de me demander comment il allait prendre le fait que j'aie filé avec tout le fric qu'il avait planqué.

Quand Julia m'a appris qu'il y en avait d'autres comme lui, je me suis demandé comment ils avaient fait, lui et les autres, pour filer entre les doigts du bon Dieu. Le jour où il a fait mon papa, il avait pas sa tête à lui, le bon Dieu.

Mon papa, c'est simple, c'est un défaut de fabrication.

Les fois où moi, Julia et Roy on travaillait au jardin, c'est pas à lui que je pensais, mais à ma maman, je me rappelais comme elle aimait bien jardiner tôt le matin, avant qu'il fasse chaud. Elle s'occupait de toutes les plantes, et même les mauvaises herbes qu'elle avait arrachées, elle les mettait en petites piles le long des rangées. Mon travail à moi c'était de ramasser les piles et d'aller les jeter. J'étais trop petite pour savoir reconnaître les mauvaises herbes des autres plantes.

Tout ce que je faisais, c'était de suivre la piste que ma maman avait tracée.

Quand les haricots étaient bons à manger, elle me permettait d'aider à les cueillir. Les mauvaises herbes, ça n'a pas de fruits. Pendant que je cueillais les haricots d'une main, dans l'autre main je tenais un haricot bien mûr qu'elle m'avait donné comme modèle. Quand je me demandais si un haricot était bon ou non à cueillir, eh bien je n'avais qu'à comparer, ça me donnait la réponse. Le seul inconvénient de cette méthode, c'est que ça prenait du temps, mais pendant qu'elle chantonnait ses petites chansons, c'est pas le temps qui manquait.

La façon dont je raconte les choses, on pourrait croire que c'était une habitude pour moi d'être dans le jardin avec elle. En fait, il n'y a eu qu'une seule saison où elle était assez bien pour qu'on puisse faire ça.

Ce qui se passe, c'est qu'à force de se raconter la même histoire, au bout d'un certain nombre de fois ça fait comme plusieurs histoires différentes, et on finit par oublier qu'en fait ça n'a occupé que l'espace d'une malheureuse petite saison.

C'est ça ma méthode.

Julia et Roy refusaient absolument d'utiliser dans leur jardin des insecticides ou de l'engrais qu'on achète dans les magasins. Ils étaient pour l'engrais organique. Roy mélangeait du terreau avec de la crotte de poule, et il nous promettait des tomates et des poivrons à vous couper le souffle. Il faisait ses mélanges en trempant les bras dans la merde jusqu'aux coudes, et il disait ça a toujours été mon rêve.

J'aidais, mais avec une pelle. J'estime que les mains n'ont pas été faites pour tripatouiller la crotte de poule.

Tous les jours on sortait voir si ça commençait à pousser. On faisait des paris sur ce qui allait sortir en premier.

Et puis un jour ils m'ont dit que c'était bientôt mon anniversaire, qu'est-ce que j'avais envie de faire ce jour-là ? Ça m'a fait un coup, parce que j'avais oublié, et j'aurais très bien pu passer de dix à onze ans sans même m'en apercevoir.

Il faut que je décide maintenant ? j'ai demandé.

Non, mais laisse-nous le temps de nous organiser. OK ?

Vous, qu'est-ce que vous pensez ? Qu'est-ce que vous

feriez à ma place ?

Elle m'a demandé ce que je faisais d'habitude.

D'habitude je change d'âge pendant la journée et puis je vais me coucher et je sens que je ne suis plus pareille.

Et si on faisait une petite fête ?

Non, ça c'est pas possible. La seule que je pourrais inviter c'est Starletta, et Starletta à elle toute seule, ça fait pas une fête.

Mais si, mais si !

Elle est donc venue. Starletta est arrivée le samedi matin, elle m'a apporté un cadeau, plus la petite ville comme je lui avais demandé.

Elle était toute fière parce qu'elle n'avait perdu que la poste et le capitaine des pompiers.

Je l'ai emmenée dans ma chambre illico et j'ai déplié la ville. J'ai essayé de faire un échange, moi j'aurais gardé la ville et elle, elle aurait gardé son cadeau. Comme il était enveloppé et tout, je pensais que ça la tenterait peut-être. Mais elle s'occupait pas de moi du tout, elle inspectait la chambre, tout ce qui n'était pas cloué, et elle regardait sous le lit.

Ça lui suffisait comme fête, à Starletta. Pas besoin de gâteau ni de passer l'après-midi au cinéma pour qu'elle s'amuse bien.

Le tapis qui grattait, ça lui plaisait beaucoup, elle s'est allongée à plat ventre, et elle a rampé jusque dans la penderie et sous le lit. Elle se frottait toutes les parties du corps contre ce fichu tapis.

Quand elle a eu fini de se faire des papouilles au beau milieu de ma chambre, on est montées dans l'auto, et on est allées au cinéma. Julia nous a laissées devant en nous disant d'être bien sages et d'attendre à l'intérieur quand ça serait fini.

Au cinéma, Starletta était la seule Noire, et c'est avec moi qu'elle était. Quand ça a été à notre tour d'acheter nos places, elle a pas été fichue de sortir son dollar.

Tu exagères, je lui ai dit, et je l'ai tirée de la queue pour pouvoir la fouiller.

Tiens-toi tranquille, je lui ai dit, tu as de la chance que je sois pas la police, parce qu'ils font pas toujours les choses en douceur. J'ai fouillé sous sa chemise, et dans l'ourlet de sa culotte, là où ça arrive qu'une maman cache un dollar.

J'ai fini par trouver le dollar en boule au fond de sa chaussette.

Pendant le film, elle s'est mieux tenue que j'aurais cru. Elle s'est un peu tortillée au début, mais une fois qu'elle s'est habituée à l'obscurité et à la musique, elle s'est endormie.

Quand on est rentrées, Roy avait préparé un gâteau sur la table de la cuisine. Y avait mon nom, Ellen, en belles lettres rondes comme dans les pâtisseries, mais Roy a juré que c'est lui qui l'avait fait. Il avait bien le goût d'un gâteau rose.

J'ai paniqué quand ils ont voulu que je fasse un vœu tout haut. Mon vœu, c'était de faire le vœu plus tard quand je serais toute seule et que je pourrais réfléchir.

Starletta regardait sa tranche avec des yeux ronds, j'ai fini par lui dire tu sais, ça se mange, vas-y n'aie pas peur. Elle avait pas l'habitude des tranches et des petites portions, alors il a fallu que je lui dise quand il était temps d'arrêter.

Gardes-en à ramener chez toi, je lui ai dit.

Ça m'amusait, l'idée de Starletta mangeant du gâteau d'anniversaire comme dessert. Elle en a emporté un morceau avec le N de mon nom.

Le gâteau a quitté la table, et ça a été le tour des cadeaux.

C'était juste après Noël, et vous savez déjà tout ce que j'avais eu, alors maintenant regardez tous ces cadeaux sur la table. Julia a dit on a fait les choses en grand.

Starletta m'a fait signe et m'a montré celui qu'elle avait apporté, alors je l'ai ouvert en premier. C'était pas dans une boîte, c'était enveloppé tel quel.

Sa maman m'avait fait un petit oreiller à poser sur mon lit avec une petite Hollandaise. On reconnaît facilement une petite Hollandaise à son bonnet et à ses sabots.

Dis à ta maman que je la remercie, je lui ai dit. Dis-le dans ta tête et répète-le tout haut, comme ça tu oublieras pas.

Le cadeau de Roy et de Julia, c'était un truc rond avec des crayons dressés en cercles concentriques, plein et plein de crayons jusqu'à celui du milieu tout en haut qui était le blanc, celui avec lequel on colorie les nuages. C'est celui-là qu'on attrape forcément en premier.

Mais les crayons, c'était pas tout. Y avait aussi la peinture à l'huile.

De la peinture comme ça, on n'en a même pas à l'école. J'ai dit : Julia, ça ressemble à ta peinture à toi.

C'est de la peinture à l'huile qui s'en va pas à l'eau, et une fois qu'on a commencé un tableau, si on change d'idée en cours de route, y a plus qu'à tout déchirer et recommencer. Ça permet de peindre les choses comme elles sont vraiment, solides et opaques, et pas toutes délavées.

Je veux remercier tout le monde pour la fête et pour les cadeaux, et tout particulièrement Starletta qui a eu la gentillesse de venir.

Ma petite copine Starletta, elle en revient pas de voir tous ces crayons et tous ces petits tubes étalés sur la table. Si je la laissais faire, elle se barbouillerait du haut en bas comme un gosse qui se déguise en Indien pour Halloween.

Mais il n'est pas question de la laisser faire. Attention, j'y tiens, à ce matériel de peinture. Si tu veux quelque chose à bousiller, tu n'as qu'à prendre mes vieux pastels.

Quand elle a été prête à repartir avec Roy qui la raccompagnait, je lui ai donné mes pastels et sa ville. Je suis pas allée avec eux, ni pour la chercher ni pour la raccompagner, parce que Roy et Julia avaient peur des rencontres que je pourrais faire. Eux, ils habitent loin de chez lui, mais Starletta, elle, elle habite tout à côté. Moi je pensais à lui aussi et on est tous sortis devant la maison pour se dire au revoir.

N'oublie pas de dire à ta maman.

IX

Mon papa est venu me retrouver. C'est pas moi qui suis allée le chercher.

Il restait dans cette maison, je le savais très bien, à se torturer l'esprit pour savoir comment il aurait ma peau.

Un jour il a débarqué à l'école à l'heure de la sieste. On nous fait toujours poser la tête dans les coudes, sur nos tables, pour qu'on se repose un peu. Moi dans cette position-là, je ne peux pas dormir, alors je fais semblant. La seule chose à faire pour m'occuper, c'est de cracher dans les rainures à crayons pour les remplir.

Le jour où mon papa a débarqué à l'école, la sieste a été plutôt ratée pour tout le monde.

Ma classe, à l'époque, était sur le devant de l'école, là où le bâtiment ressemble à une boîte à chaussures rouge. J'ai entendu une voiture dehors, et j'ai pas mis longtemps à comprendre que ça ne pouvait être que lui. Tout mon corps l'a su d'un coup, et mes yeux c'était des rayons lasers.

Je voulais même pas le regarder, ça me flanquait la trouille. Ç'aurait été à la télé, j'aurais peut-être trouvé le bonhomme comique, mais vu qu'il s'agissait de moi et que c'était pour de vrai, j'avoue que l'humour m'échappait.

Comme par un fait exprès la maîtresse était allée prendre son café, alors j'ai pris les choses en main.

Tout le monde assis à sa place et taisez-vous, j'ai dit

tout fort. Tout le monde voulait voir ce qui se passait dehors.

Il savait pas exactement dans quelle classe je me trouvais, alors il a fait son annonce pour l'ensemble du bâtiment.

Amène-toi et en vitesse, voilà en gros ce qu'il disait.

Il avait garé sa camionnette en plein dans le massif de fleurs qui avait été planté par la classe des élèves handicapés. Plus tard, quand ils ont vu la terre labourée et les marguerites plus que mal en point, ils ont tous piqué leur petite crise. Comme si on leur avait annoncé que la fin du monde allait pas tarder.

Il est sorti de sa camionnette en agitant des billets de banque et en gueulant bon Dieu Ellen, reviens, j'ai de quoi payer.

Alors la maîtresse est entrée dans la classe et elle m'a regardée comme si c'était moi qui l'avais fait venir. Elle a dit aux élèves de finir leur sieste, mais qui pourrait dormir quand il y a le papa d'Ellen qui est là sous les fenêtres ?

On peut se demander ce qu'elles se rappelleront de la scène quand elles seront grandes. Un type qui vient à l'école ? Un type qui agite des dollars et qui gueule ? Un type, mon papa, qui agite ses dollars, qui beugle, et qui ouvre son pantalon au beau milieu de la sieste ?

J'ai dit à la maîtresse que je pouvais arrêter son cirque. Qu'on me donne seulement un pistolet, ensuite y a plus qu'à sortir et à aller le ramasser.

Ça me fait même plus sourciller de me représenter ça dans ma tête.

J'ai crié qu'il avait qu'à laisser ses dollars par terre et rentrer chez lui. Ça avait aucun sens qu'il reparte avec le fric.

Quand il m'a entendue, il s'est arrêté pile comme un chien d'arrêt qui entend le sifflet silencieux. Il se demandait d'où pouvait bien venir le son de ma voix.

Au bout d'un moment la police est arrivée et ils lui ont passé les menottes. On l'a tous regardé partir.

Quelqu'un est allé chercher Julia, et elle a fini par venir me retrouver. Sa classe de dessin est dans le fond, à l'écart du reste de l'école, alors elle n'avait pas assisté à la scène, mais elle a attiré ma tête contre son ventre, et elle m'a dit viens on rentre.

Quand on est arrivées à la maison, j'ai émergé du brouillard et j'ai demandé s'il avait laissé le fric. Elle a sorti les dollars de son sac, et voilà, ils étaient à moi.

Bien joué, j'ai pensé.

Pendant un bout de temps, les choses ont repris comme d'habitude, et puis un jour Julia et Roy sont venus dans ma chambre pour qu'on ait une petite conversation. C'est surtout lui qui a parlé. Elle, elle se contentait de tapoter le lit, et de se tamponner les narines avec le bout de ses doigts.

Il m'a dit que le tribunal avait déclaré qu'il était temps que je retourne dans ma famille.

Incroyable. C'est complètement crétin, parce que quand on nous voit ensemble tous les trois, on a tout à fait l'air d'une famille.

N'empêche que c'était vrai, et la semaine d'après je suis passée devant le juge.

Pour le tribunal, Julia m'avait acheté une robe qu'on détestait toutes les deux. Elle m'avait dit, écoute, je sais bien que ça n'est pas ton genre, mais il y a des cas où il faut jouer le jeu. Crois-moi, j'ai appris ça sur le tas.

Il y avait un col marin, et elle m'a dit attends, c'est pas ça le pire. Il y avait aussi des bas en dentelle, et des chaussures noires vernies. Il faut que tu sois convenable, elle m'a dit.

Pendant l'audience, j'ai pensé que le mieux, c'était que je reste entre Roy et Julia. Mon papa était là-bas, entre deux gendarmes, d'accord, mais il vaut mieux prendre ses précautions.

Et puis devinez qui : la maman de ma maman.

Je ne l'avais pas vue depuis le cimetière, et la voilà une fois de plus qui se retrouvait à observer la scène.

Ils se parlaient entre eux sans s'occuper de moi. D'habitude j'arrive à me raccrocher et à saisir de quoi il retourne, mais là j'étais à nouveau dans un tel brouillard que tout ça n'avait ni queue ni tête. Alors le juge dans son box, un type qui avait l'air drôlement vieux pour avoir encore un boulot, s'est adressé à moi directement. Il a dit qu'il avait lui-même des petits-enfants et qu'il comprenait son point de vue.

Le point de vue de qui ? C'était pas clair.

Et puis tout d'un coup j'ai compris : il s'agissait de la maman de ma maman. De son point de vue à elle. J'ai compris quand j'ai vu le regard qu'elle me jetait de son banc, l'air de dire, ma petite, cette fois je te tiens.

Toutes les formalités sont faites, ils ont dit. Alors à quoi bon me traîner ici et faire ça devant tout le monde, par exemple Julia qui n'a qu'une envie, c'est de leur sauter dessus ? Qu'est-ce que vous voulez faire quand le juge est là à parler de la famille, pierre angulaire de la société, alors que vous, vous savez bien que la vôtre elle a jamais rien eu de la colonne dorique ou autre chose, ça serait plutôt et ça a toujours été du genre vieille brique qui s'effrite ? Je restais là assise, frustrée comme tout, comme en classe quand la maîtresse fait une bourde au tableau, et que ça sert à rien de lui faire remarquer parce que pouf, en une seconde elle peut tout effacer, et on passe au problème suivant.

Il devait nous confondre avec des gens pas du tout comme nous.

Le dimanche, ce qu'on mange chez ma nouvelle maman, c'est un délice.

La seule chose, c'est qu'il faut aller à l'église avant d'en avaler une bouchée.

Souvent, les gosses font des histoires quand il s'agit d'aller à l'église, mais pas nous. On pourrait croire qu'on va se crêper le chignon, ou donner des coups de pieds dans les bancs, pensez-vous, pas du tout. On se tient à carreau parce que ma nouvelle maman touche toutes les semaines une partie de l'argent de la quête. Ça sert à nous entretenir, à acheter notre nourriture et nos habits.

Vous entrez dans cette église, l'air drôlement convaincu. Même si ce qu'il vous raconte cette semaine vous paraît de la merde, ou mensonges et compagnie, vous vous tenez tranquille. Y a pire dans la vie que de rester assis une heure sans bouger. Par exemple, retourner là d'où vous venez.

Pour m'occuper, je lis ce qu'il y a d'écrit sur les vitraux, et je pense aux gens pour qui ils ont été faits.

On a des vitraux comme ceux qu'il y a chez le Pape, mais les siens à lui, c'est de l'art. J'en connais un rayon là-dessus.

Le pasteur dit qu'aujourd'hui, oui, aujourd'hui même, sa parole nous délivrera des tourments et des désordres de l'esprit.

C'est dur d'être hypocrite. Je regarde le pasteur et je regarde ma nouvelle maman, et j'essaie de prendre la même expression qu'elle. On est tous alignés avec la même expression. Elle nous a dit d'être convenables.

C'est dur aussi de se retenir de sourire quand on voit sur l'autel les plateaux pour la quête qui débordent de billets de banque. Tous les dimanches, elle en touche un bon paquet. Donnez, donnez sans compter, j'ai envie de dire à tous ces pécheurs.

On est tous censés être là le dimanche, à l'exception du petit Roger. Y a des filles qui s'occupent de lui à la crèche. Il ressemble pas mal à Starletta, sauf qu'il est blanc et que c'est un garçon et qu'il est encore tout petit.

On arrive toujours en avance, on est assis à nos

places avant que le prélude à l'orgue commence. Comme ça les gens peuvent nous voir et s'assurer que leur argent est bien dépensé.

Dora et sa maman assistent au service certains jours de fête comme Pâques ou Thanksgiving. Toutes les deux se pavanent pour venir prendre leur place, elles regrettent de ne pas avoir des étoles de vison à agiter sous notre nez. Elles gardent leur manteau et leurs gants.

Quand j'ai été obligée d'habiter chez elles un bout de temps, on venait ici à l'église, je ne connaissais même pas encore le nom de ma nouvelle maman. De toutes les dames de l'église qui auraient pu me servir de nouvelle maman, c'était elle que je voulais, pas une autre. Quand je rentrais chez Dora, je pensais à elle, je me racontais comment elle devait être.

Je la regardais devant l'église, elle descendait les marches en se tenant bien droite comme une reine ou comme une grande dame qui marche à l'échafaud sans baisser les yeux. Les autres dames bavardaient, elle elle descendait les marches sans parler, et j'essayais de croiser son regard. Un regard si noble que ça vous vidait d'un coup de tout ce qu'il y avait de moche en vous, et ça vous remplissait les poumons d'air, presque à vous en couper le souffle.

Y a pas à dire, elle était spéciale, je reculais d'un pas quand je la voyais. Je ne cherchais rien en particulier, tout ce que je voulais, c'est qu'elle me donne un peu de son temps. Quand je rentrais, je me creusais la cervelle pour trouver un moyen de l'avoir à moi, et je notais mes idées.

Et voilà, ça y est. Ça a marché, et je me félicite chaque fois que je descends les marches le dimanche, collée contre elle aussi près que je peux.

Maintenant si vous venez à la maison après l'église, vous sentirez toutes les bonnes choses qui mijotent depuis un bout de temps. Ces bonnes choses m'attendent, et moi je les attends.

Si j'ai très faim, hop j'enlève ma robe en un clin d'œil. Quelquefois je me dépêche trop et j'oublie de défaire la fermeture éclair dans le dos. On se sent toute bête à sentir la bonne odeur du déjeuner à travers une robe qui reste coincée au-dessus de votre tête. J'ai déjà fait sauter une fermeture éclair et deux cols en me déshabillant, et ma nouvelle maman m'a fait un petit discours sur la patience.

N'empêche que pendant ce temps-là j'ai FAIM.

Presque tout ce qu'on fait le dimanche a un rapport avec manger ou faire à manger. Quand on a fini le repas qu'on vient de faire, il est temps de préparer la macédoine au poulet et celle au jambon, le pain, la soupe aux trois haricots, ou autre chose encore, pour nos déjeuners de la semaine qu'on emporte à l'école. Comme ça ma nouvelle maman dit qu'elle prend de l'avance et que c'est moins la panique le matin quand il faut déjà nous faire avaler le petit déjeuner et mettre nos manteaux.

Je sais le métier que je ferai dans dix ans : je travaillerai dans l'industrie alimentaire. On peut-être la lecture, ou le dessin. J'ai vu beaucoup de dessins et de tableaux qui représentaient des choses qui se mangent. Ils m'ont toujours beaucoup plu.

Tout le monde aide à faire la cuisine le dimanche, moi par exemple, et puis Stella, France, ma nouvelle maman, Jojo, tout le monde sauf le petit. Stella et moi, on est les deux seules à avoir de l'expérience, alors on a le droit de se servir du fourneau. Ma nouvelle maman dit que je suis championne pour les œufs sur le plat.

Aujourd'hui, c'est le pain et la soupe. Ça n'a l'air de rien, mais c'est de la nourriture qui vous tient au corps, et je suis plutôt fière de m'amener avec ça à la cantine quand tous les autres ont un malheureux petit plateau de ci ou de ça.

Quand on est tous dans la cuisine en même temps, c'est une vraie petite usine. Il n'y a que le dimanche qu'on est ensemble. Les autres jours c'est chacun son tour.

Jojo est dispensée de cuisine le temps de faire ses exercices de danse sur la musique de ses disques. Ça n'est pas du rock'n roll, c'est de la musique lente, sans personne qui chante. Y a des disques que j'arrive pas à reconnaître les uns des autres, mais y en a d'autres que j'ai en tête, et je m'en sers comme musique de fond pour les histoires que je me raconte.

Je meurs d'envie de mettre la petite jupe à froufrous et le haut tout lisse que Jojo met pour danser. Pas pour qu'on me voie dedans, mais pour aller me mettre devant la glace de l'entrée, et m'observer en douce et prendre des poses.

Ça fait un an qu'elle prend des leçons chez la dame qui dirige l'école de danse, et chez elle c'est une passion. On la voit qui danse même pendant qu'elle est occupée à autre chose ou en train de dîner.

Moi aussi, je sais danser, comme je l'ai déjà dit, mais pas comme Jojo. Disons que je me trémousse.

Ma maman me dit de me laver les bras qui sont pleins de farine, et d'aller faire mes devoirs. Si vous êtes comme moi, vous attendez toujours la dernière minute, et ensuite le Ciel vous tombe sur la tête, mais tant pis.

Dans ma chambre j'ai un bureau et une chaise qui sont un don que des gens ont fait.

Si la porte est pas bien fermée, le petit Roger arrive à quatre pattes, en se trompant de chambre. Quand on est au ras du sol, comme lui, c'est dur de savoir exactement où on se trouve.

Si je n'ai pas envie d'avoir de la compagnie, je le retourne en direction de la porte, et je le renvoie d'où il vient. Quand il est chez moi, il n'a qu'une envie, c'est de trouver quelque chose à casser ou à mettre dans sa bouche. Je garde mon microscope et mes affaires de dessin hors de sa portée.

D'habitude, je lui donne mes gants, parce qu'il risque pas de les avaler.

Si l'idée lui vient de s'en aller sans que je m'en mêle, il repart vers une autre chambre. Ici, il a une maman, mais on lui a pas donné de papa.

X

Quand l'été est arrivé, je suis allée chez la maman de ma maman. Tout cet été-là a été une sale période, et j'ai beau me creuser la cervelle, je ne retrouve que des mauvais souvenirs.

J'ai dit à Roy et à Julia que j'aimerais mieux aller dans une maison de redressement, ou même être condamnée aux travaux forcés, que d'aller chez la maman de ma maman. Cette femme, je ne la connaissais pas bien, mais rien que de penser à la tête qu'elle avait, j'en avais l'estomac noué.

Ils ont dit qu'ils me comprenaient, mais qu'est-ce qu'ils pouvaient faire, rien du tout. Ils m'ont dit qu'ils viendraient me voir, et puis total, ils ne sont pas venus, parce que Julia s'est fait renvoyer de l'école, et ils ont dû s'en aller ailleurs.

Elle m'envoie une lettre de temps en temps, toujours au moment où je m'y attends le moins.

De repenser à la maison de la maman de ma maman, ça me rend triste et à moitié engourdie. Toute cette période, c'est comme un disque qu'on passerait à la mauvaise vitesse.

Avant de partir, j'ai mis dans une grande boîte en carton toutes mes affaires qui pouvaient y tenir, et j'ai légué le reste à Julia et à Roy. Y a là-dedans des choses qui peuvent servir, je leur ai dit.

Ça n'est peut-être pas raisonnable d'éparpiller ses possessions à droite et à gauche, mais je n'ai jamais voulu avoir plus que ce qui tient dans mon grand carton. La seule chose qui m'intéressait à accumuler, c'était l'argent. J'en avais mis un bon paquet de côté.

La maman de ma maman est venue me chercher dans sa longue voiture qui ressemblait à celle de l'enterrement, sauf que la sienne était couleur crème. J'ai redit à Roy et à Julia encore une fois que je voulais pas y aller.

Si on doit vivre ensemble, tu pourrais au moins m'adresser la parole et avoir l'air de t'apercevoir que je suis dans ta voiture, j'avais envie de lui dire. J'imaginais qu'elle allait peut-être se dégeler.

Mais la seule chose qu'elle m'ait demandé pendant le trajet, c'est : quand est-ce que l'école reprend ?

Mon Dieu mais ça vient à peine de finir, et je me réjouis beaucoup de passer l'été chez toi, j'ai dit pour briser la glace.

Je t'ai demandé quand l'école reprend. Je n'ai pas besoin de tes commentaires, elle me répond sèchement.

Bon alors septembre. J'ai dit septembre.

J'ai répondu au doigt et à l'œil, comme à l'armée. Dans ma tête, je faisais le salut militaire.

Je continuais à me dire que c'était sa façon d'être avec les gens qu'elle connaissait pas bien, et qu'elle finirait par se radoucir. Si j'avais su à ce moment-là tout ce que je sais sur elle maintenant, j'aurais sauté de la voiture en marche, et je me serais tirée vite fait.

Pendant ce temps, je me suis dit qu'au début, ça lui avait plu, l'idée d'avoir une petite fille chez elle, et puis quand elle nous avait vus, moi et mon grand carton, elle avait changé d'avis.

En un sens on la comprend. Je suis pas magnifique, d'accord. Mais Seigneur Jésus, je suis pleine de bonnes intentions, et ça compte, non ?

J'ai pris la résolution de prendre les choses du bon côté, parce qu'en règle générale il y a toujours moyen de s'arranger avec quelqu'un qui a de l'argent à revendre. C'est peut-être une sorcière, mais c'est elle qui a le fric, voilà comment j'avais décidé de raisonner.

Mais dès le mois de juillet, je la traitais tout bas de vieille sorcière, et son fric je m'en fichais. Et c'est pas rien, quand on pense à quel point j'aime l'argent.

Les premiers jours chez elle, j'ai fait le tour de la maison, je regardais, mais sans toucher à rien.

Mon Dieu, qu'est-ce qu'elle avait pas !

Une domestique noire rien que pour faire la cuisine, et une autre pour faire les lits et épousseter tous les petits bibelots. C'était pas des bibelots de rien du tout, ça se voyait que c'était des trucs chers. Des objets de collection, j'ai appris que ça s'appelait. Des boîtes à bonbons avec des motifs égyptiens. Ma parole, elle pourrait faire payer la visite, je me suis dit. Tous ces nids à poussière pourraient servir à quelque chose. Ça pourrait rapporter des sous, je me disais.

Ses meubles étaient sculptés dans du bois ; et les fauteuils avaient des formes arrondies, ça n'était pas juste marronnasse et usé. La domestique noire a dit que c'était des meubles qui s'étaient bonifiés en vieillissant. Elle en parlait comme si tout ça était à moitié à elle. Compte là-dessus et bois de l'eau, je me suis dit tout bas, et j'ai continué à regarder.

Les rideaux, ne croyez pas que c'était de simples draps cousus. C'était des rideaux qui vous tenaient chaud quand vous vous drapiez dedans. Dans mon ancienne maison, ma maman faisait des rideaux en cousant des draps. J'avais toujours trouvé ça très astucieux.

Ma chambre, c'était celle de ma maman quand elle était petite. Il y avait un lit à baldaquin et une belle cheminée. La maman de ma maman m'avait dit qu'elle me donnait cette chambre-là parce que je la méritais. Ça m'a pris un bout de temps de comprendre que ça n'était pas une récompense, un cadeau parce que j'étais bien gentille. En fait elle savait que je verrais danser des trucs dans cette cheminée, et que je serais obligée de laisser la lumière allumée toute la nuit.

Quelquefois elle me surprenait en train de fourrer mon nez un peu partout, et elle me disait, si je te vois toucher à ce vase, je-te-casse-les-petits-doigts-de-ta-main. Pas comme une blague, sérieuse et tout, pour bien me faire sentir quel effet ça doit faire, des doigts cassés.

Je dégageais le terrain, et je me racontais ce qui se passerait si je lâchais ma petite copine Starletta au milieu de tout ça. Elle ferait un saccage dans une pièce, et elle filerait par l'autre.

Ou alors je pourrais inviter toute la famille qui se sert de disques comme assiettes. Qui a besoin d'avoir quatre services d'assiettes au grand complet, je vous demande un peu. Ils pourraient venir pendant que tu es chez le coiffeur, je me disais, et ça me faisait du bien d'imaginer la scène. En tous cas disons que ça me faisait rire.

Et pendant tout ce temps-là je me creusais la cervelle pour essayer de comprendre ce qui l'avait rendue si méchante.

Y avait des jours où pour moi c'était vraiment la chambre de torture, et j'avais qu'une hâte, c'était que l'école reprenne.

Au bout d'une semaine que j'étais là, elle a déclaré qu'elle avait trouvé quoi faire de moi.

Ouf, pas trop tôt, j'ai pensé.

Le premier lundi de juin, elle m'a réveillée aux aurores, et elle m'a dit, c'est l'heure d'aller travailler.

Tiens, elle m'a trouvé un job, j'ai pensé. Je me suis figuré qu'on allait aller livrer des journaux. Elle, elle conduirait la voiture, et moi je les jetterais par la fenêtre. Au lieu de ça, elle m'a conduite jusqu'au champ de coton, et elle m'a dit de rentrer pour le déjeuner. Demande à une des négresses de te dire quoi faire, elle a dit avant de repartir.

Y avait cinq ou six personnes qui étaient déjà en train de sarcler, et ils étaient loin dans les rangées, ils s'occupaient pas de moi du tout.

Moi je regardais.

Alors la plus grosse des femmes a crié, mets-toi dans une rangée !

Cause toujours, je me suis dit tout bas.

Mets-toi dans une rangée ! Elle a commencé à crier. La patronne t'a laissée ici pour travailler, pas pour rester plantée à rien faire. Et moi je dois surveiller ce que tu fais. Allez, prends une binette. Quand j'arriverai au bout de ma rangée, je t'aiderai à rattraper les autres.

C'était la première chose raisonnable que j'entendais, alors je me suis mise à sarcler ma rangée.

J'avais vécu dans une ferme avec ma maman et mon papa, mais ils louaient des ouvriers noirs pour faire ma part des travaux de force. J'étais trop petite pour travailler comme il faut. Je jouais dans les champs avec Starletta et je regardais sa maman et son papa sarcler, mais j'aurais jamais imaginé qu'un jour ça serait mon tour.

Seigneur, comment ils faisaient pour supporter cette chaleur, je me demandais.

La grosse femme m'a aidée à les rattraper, et ils m'ont dit leurs noms qui se ressemblaient tous sauf le sien à elle. Mavis.

Après mon nom, la seule chose que j'ai trouvée à dire, c'est : est-ce que vous connaissez la maman et le papa de Starletta ?

Ils allaient à la même église !

On s'est remis à sarcler, et c'est seulement quand

l'après-midi est arrivé que je me suis sentie mal. Il a fallu que je m'asseye, et chaque fois que j'essayais de me relever, il fallait que je me rasseye.

Mavis m'a éventée avec son tablier, et ça m'a rafraîchie.

Alors elle a dit, ce que la patronne décide, ça la regarde, mais dieu sait ce que tu as dû lui faire pour qu'elle t'envoie travailler ici. Faire travailler une petite Blanche par cette chaleur, ça n'a pas de bon sens. Même moi j'ai du mal à le supporter.

Ça ira mieux dans une minute.

Reste un peu assise et repose-toi. Dire que tu n'as même pas un chapeau sur la tête. Tu vois pas qu'un soleil comme ça, ça peut te frire la cervelle ? De ma vie...

Le lendemain matin, j'ai été prendre un chapeau de paille dans la cabane à outils et je l'ai porté toute la journée. J'ai eu bien moins chaud, et je ne me suis pas sentie mal.

Pendant que je travaillais, je faisais des opérations dans ma tête, ou alors je me récitais des poèmes que je connaissais bien. La binette qui sarcle autour d'une plante, ça marque un rythme. Comme ça la journée paraît moins longue.

J'essayais de ne pas réfléchir en même temps que je travaillais, parce que ça me ralentissait. Mais quand je réfléchissais, je pensais à Roy et à Julia, et je me demandais comment ça marchait, la crotte de poule. Et puis je revenais au rythme de mon poème.

Chaque fois que je prenais du retard, Mavis me rattrapait. Elle disait qu'eux ils étaient nés pour sarcler, et que c'est pour ça qu'ils arrivaient à travailler si vite et si régulièrement. Elle riait en disant ça, mais moi ça me faisait pas rire.

Un jour, quand je la connaissais déjà bien, elle m'a demandé comment ça se faisait que la maman de ma maman m'ait envoyée aux champs, et pourquoi j'étais pas à la colonie de vacances du pasteur, ou au moins à l'ombre quelque part.

Je lui ai répété exactement ce qu'on m'avait dit. La maman de ma maman avait dit que j'étais dans ses pattes, et qu'en plus elle supportait pas de voir ma gueule toute la sainte journée. Elle avait aussi dit que ça m'apprendrait plein de choses.

Exact.

Je parie qu'elle se doutait pas de tout ce que la vieille Mavis allait m'apprendre. Plus l'été devenait chaud, plus Mavis prenait plaisir à bavarder. Et moi je prenais plaisir à l'écouter.

Un jour elle a dit comme ça, tout d'un coup, c'est pas croyable ce que tu ressembles à ta maman. Sur ma vie, tu as les mêmes cheveux noirs qui te tombent sur les épaules.

Parce que tu connaissais ma maman ?

Si je la connaissais ! On a été élevées l'une à côté de l'autre dans cette ferme. Je la connaissais comme je me connais moi-même. J'ai jamais connu quelqu'un d'aussi gentil que ta maman. Et drôlement futée !

C'est vrai ?

Oui dame, elle a dit, en riant en même temps.

Est-ce que sa maman la faisait aussi travailler ?

Pour ça non ! Elle était pas bâtie pour les travaux de force. Sa maman faisait travailler les autres comme des chiens, mais pas ta maman.

Tu vas pas aller raconter ce que je te dis à la patronne, des fois ?

Non, non, j'ai dit, en espérant que peut-être elle allait m'en dire un peu plus long.

Elle m'en a dit assez cet été-là pour que je comprenne que j'étais pas la seule à penser que la maman de ma maman débloquait complètement.

Elle m'a dit que la patronne avait toujours été un peu

bizarre, mais que depuis que ma maman était morte, elle se conduisait comme si elle avait vraiment un grain.

J'ai pas eu besoin de demander un grain de quoi, parce que je le savais.

Mais même si on sent les choses dans son cœur concernant une personne, c'est dur d'en être sûr dans sa tête. Surtout concernant une personne qu'on connaît bien. Je me suis dit qu'un jour je ferais des recherches dans les encyclopédies pour savoir si ça a un nom, la maladie de la maman de ma maman. Mais ça serait comme de chercher un mot dont on ne sait pas comment il s'écrit. Où j'allais chercher ? A méchante ? A coléreuse ? Ou alors tout simplement à folle ? Je me suis dit que c'était un mélange de tout ça. De toute manière, les gens de ma famille c'est dur de les classer dans des catégories bien nettes comme ça.

Au mois de juillet, je ressemblais à un garçon. Au début, mes deux mains étaient couvertes d'ampoules toutes rouges, mais depuis, je m'étais endurcie.

Pendant que je sarclais dans un champ puis dans le suivant, je me disais qu'on aurait pu me prendre pour une petite fille noire maintenant. Quelqu'un qui passerait par là en voiture pourrait pas savoir, à regarder ma figure, que je suis blanche. Mais ça ne fait rien, je me disais, ça n'a plus beaucoup d'importance maintenant.

Si je regardais mes bras et mes jambes jusqu'à l'endroit où commençaient ma chemise et mon short, je me disais que je pouvais passer pour noire maintenant. J'étais brunie par le soleil, mais tellement foncée que c'était presque comme la couleur des Noirs. En dessous, j'étais toute blanche et rose.

A la fin de la journée, les ouvriers noirs allaient dans leurs baraquements, et je rentrais à pied chez la maman de ma maman. Les jours de semaine elle me laissait un truc à manger sur le fourneau. Ça peut vous paraître peu sociable, mais ça ne me dérangeait pas, au contraire.

On mangeait des tas de petits poulets ou de petites dindes miniatures, je ne sais pas bien la différence. Ils étaient cuits au four, pas croustillants comme j'aime que le poulet soit. Quand on mangeait toutes les deux à la même table le dimanche, on dépiautait chacune notre petit poulet individuel dans notre assiette, et on ne disait pas un mot. Ça ne me dérangeait pas non plus.

Le soir après le dîner, s'il ne pleuvait pas, j'allais me promener sur le chemin qui menait aux baraquements des Noirs, et je regardais de loin Mavis et sa famille.

On aurait dit les vieux jours de l'esclavage, à les voir traîner et se disputer sur la véranda. Tout ce qu'ils faisaient, ils le faisaient fort, que ça soit de se battre, de jouer ou de rire.

Je les observais régulièrement, mais eux ils ne m'ont jamais vue, en tous cas ils ne m'ont jamais dit de les laisser tranquilles. Je me posais plein de questions sur eux et sur leur façon de vivre.

La maman de ma maman les payait trois fois rien. Je voyais bien le montant qu'elle avait inscrit sur l'enveloppe qu'elle remettait à Mavis tous les vendredis.

Moi elle me payait pas un sou à part le vivre et le couvert. Je faisais des comptes tout le temps pour essayer de savoir combien je valais de l'heure.

Mais Mavis et sa famille continuaient à se pointer aux champs tous les matins. Moi je me disais qu'à leur place, si j'étais aussi vieille qu'eux, je mettrais de l'argent de côté, et hop, je me tirerais. On aurait dit qu'eux, ça leur était jamais venu à l'idée de prendre leurs cliques et leurs claques, et adieu.

Pendant que j'espionnais près de la maison des Noirs, j'avais commencé une liste de tout ce qu'il faut à une famille. Bien sûr il faut la maman et le papa, mais s'il y en a un des deux qui manque ça ne fait rien du moment que celui qui reste peut compter pour deux. Sauf que n'importe qui ne peut pas compter pour plus que lui tout seul ou elle toute seule.

Pendant que je regardais Mavis et sa famille, je me disais que j'allais éclater si je ne me trouvais pas une famille bientôt. Je ne savais pas trop comment on s'y prend pour ça, mais j'avais idée que c'était faisable.

La mienne, je voulais qu'elle soit blanche, et qu'elle ait un peu plus d'argent, comme ça au moins, on pourrait avoir l'eau courante, je me disais.

Pendant tout le temps où je suis restée chez la maman de ma maman, je me suis dit que j'aimerais dire deux mots au juge.

Ecoutez. Vous avez fait une connerie. Alors maintenant, il s'agit de réparer ça, et de trouver une solution, voilà ce que je lui dirais.

Une solution à laquelle j'avais pensé, c'était de vendre des objets de la maison. Difficile pour quelqu'un comme moi d'être au milieu de tous ces objets et de ne pas penser au fric que ça pourrait rapporter. Je pourrais établir un catalogue des choses qu'elle possède, et les gens pourraient choisir, par exemple un cendrier, ou des verres à cognac, ou l'un de ses nombreux vases. Morceau par morceau, sa maison disparaîtrait, et elle pourrait rien faire contre. Et moi j'aurais un joli magot.

Elle pendant ce temps-là, elle saurait plus où donner de la tête.

On pourrait croire qu'en vieillissant, les gens perdent de leurs forces. Pas elle. La méchanceté la rendait vive comme une bête dans la jungle.

J'ai commencé à comprendre qu'elle tenait à m'avoir près d'elle comme substitut de mon papa. Et chaque fois que sans être exactement lui j'avais tout de même ses yeux et son nez, comme pour la provoquer, elle en bouillait intérieurement de rage.

On aurait dit qu'elle avait du mal à se rappeler que

j'étais une petite fille, Ellen, et pas un homme qu'elle aurait voulu avoir près d'elle, vivant, pour pouvoir le tuer, mais qu'il fallait aussi qu'elle garde vivant pour pouvoir exercer son pouvoir sur lui.

Du pouvoir, elle en avait. Sans dire un seul mot elle pouvait faire trembler ma carcasse, et je me mettais à voir des maisons hantées, ou des placards pleins de squelettes qui s'entrechoquent.

Son pouvoir, c'était du genre qui vous aspire toute votre cervelle, et qui vous laisse vidé comme un zombie.

Certains jours, c'était ça l'impression que j'avais. D'être une espèce de zombie qui, dans le temps, aurait été une petite fille.

Mais depuis, j'ai retrouvé mes forces.

Cette vieille sorcière prenait à quelqu'un toutes ses émotions, elle ajoutait de l'argent et elle touillait le mélange, et puis elle vous forçait à le boire. L'argent aidait à faire passer le breuvage. Sans son argent, ç'aurait juste été une vieille femme acariâtre. Mais là, retranchée au milieu de sa grande maison, même le diable avait peur d'elle.

Elle insistait tout le temps sur le fait que lui et moi on se ressemblait comme deux gouttes d'eau, on faisait tout pareil. Je ne lui avais jamais répété que Mavis avait dit que je ressemblais à ma maman. Quelquefois, elle avait tellement l'air d'y croire que j'allais voir dans la glace si par hasard je ne me serais pas changée en lui sans m'en apercevoir. Peut-être qu'à force de tellement le souhaiter, ça avait fini par arriver, je me disais.

J'étais bien décidée à sauter du haut du premier pont si je découvrais que j'étais devenue quelqu'un d'autre.

Peut-être qu'après tout il avait fini par déteindre sur moi. Il m'arrive parfois de me demander, encore aujourd'hui, si je suis OK, ou si je me suis seulement mis dans l'idée, à force, que je suis bien celle que je crois être.

A force d'être entouré de gens qui voudraient que vous soyez quelqu'un d'autre, ou qui croient que c'est le cas, vous ne savez plus très bien où vous en êtes.

J'en ai les nerfs malades, d'être tout le temps à me demander qui je suis.

La maman de ma maman, elle aussi quelquefois elle était prise de tremblement. Quand ça m'arrive à l'école, je cache mes mains sous mon bureau. C'est pas assez fort pour que ça se remarque vraiment.

Elle, en tous cas, quand elle m'a annoncé que mon papa était mort, ses mains tremblaient rudement fort. Mais avec l'une des deux, elle a quand même réussi à me fiche une claque.

Elle m'a dit ton salaud de père est mort, et vlan, elle m'a flanqué une claque. C'est pas logique, mais c'est ce qu'elle a fait.

Je n'avais jamais eu l'intention de pleurer quand j'apprendrais sa mort. Je m'étais tellement souvent représenté la situation que la seule question que je me posais, c'était de savoir s'il était mort d'une des façons que j'avais prévues pour lui. Toute la panoplie d'accidents ou de funestes circonstances.

Mais malgré tout, c'était la mort de quelqu'un que je connaissais. J'avais la même impression que quand on apprend la mort d'une star de cinéma ou d'un ancien président. On est triste une seconde en se rappelant la tête qu'il avait, et puis on se dit que soi aussi on peut partir comme ça, d'une seconde à l'autre.

Elle me regardait dans les yeux, l'air de chercher une bonne raison pour me reflanquer une claque, et moi j'étais bien décidée à ne lui fournir aucun prétexte.

Vas-y, pleure sur ton salaud de père, elle m'a jeté à la figure. Vas-y pleure. Et surtout, pleure plus que tu n'as pleuré pour ta mère.

Pourquoi elle me disait ça ? En me posant cette question, j'ai levé la main pour essuyer une larme que je sentais rouler sous ma paupière.

Alors, de sa main qui tremblait elle a saisi ma main qui tremblait, et elle m'a dit : que ce soit ta toute dernière larme.

Je me demande quelquefois jusqu'à quand cette règle était censée s'appliquer.

Vous vous doutez bien qu'on n'a pas mis les pieds à son enterrement. Je sais qu'il y en a eu un, parce que Rudolph, le frère de mon papa, m'a ramené le drapeau qu'on avait déposé sur son cercueil. Ce drapeau, c'était parce qu'il avait fait la guerre.

Je ne suis pas allée à l'enterrement, mais j'imagine que ça devait pas faire plaisir au pasteur de mettre mon papa dans la même terre que les braves gens, et que les bébés morts-nés qui deviennent des anges aussitôt. Et à côté de ma maman.

Elle aussi ils l'avaient mise dans une boîte, et lui dans une boîte. Oh, cette boîte-là, rabattez bien le couvercle dessus et clouez-le, clouez-le avec les plus gros clous. Faites tout ce qu'il faut pour qu'elle reste bien fermée, et que lui reste enfermé dedans pour toujours. Si par malheur il arrivait à sortir de là et à m'attraper, avec le temps il serait encore plus méchant qu'avant.

Allez-y, regardez, avait dit le magicien.

Je ne veux pas regarder.

Ce n'est qu'une illusion. Regardez dans la boîte, regardez voir ce qu'il y a dedans.

Je ne veux pas voir.

Allez-y, avait dit le magicien. Il n'y a pas de quoi avoir peur. Tout a disparu ! Vous voyez. La boîte est vide.

Je me demandais bien où c'était allé.

Je suppose qu'ils l'ont mis dans le trou et que tout le monde est reparti sans dire un mot comme la dernière fois, et qu'ils avaient qu'une envie, c'est de rentrer chez eux.

Du cimetière, Rudolph est venu directement chez la maman de ma maman. Elle m'a envoyée dans ma chambre et m'a dit d'y rester jusqu'à ce qu'il soit reparti. Au lieu de ça je suis restée dans le couloir pour écouter en cachette.

Elle avait des affaires secrètes à régler avec lui. Il venait de temps en temps, et elle me disait chaque fois de sortir. Je me doutais bien que ce que je n'étais pas censée entendre était justement ce qui était le plus intéressant, alors je tendais toujours l'oreille.

Pourquoi as-tu ramené ici cette saleté ? elle lui a demandé dès qu'il est entré.

D'une voix timide il a répondu qu'il avait pensé que ça serait bien qu'Ellen le garde.

Je l'ai vue se raidir, et puis elle a craché sur le drapeau qu'il avait tout bien plié en triangle et qu'il lui tendait comme un cadeau.

Ensuite elle lui a dit, après tout l'argent que tu m'as soutiré, tu as le culot de ramener ici les affaires de ce salaud. Tu mérites douze balles dans la peau.

Rudolph a eu un courage que je n'aurais pas eu à sa place, il a répondu qu'il n'avait pris que ce qu'elle lui avait donné. Ce qui lui était dû.

Elle l'a traité de moins que rien, de garçon de ferme qui se prend pour quelqu'un. Et si tu crois que j'aurai pas ta peau à toi aussi, eh bien regarde-moi faire, mon garçon. N'oublie pas au nom de qui est la ferme de ce salaud. Et pendant que tu y es, va faire un tour au tribunal et regarde le nom qui est inscrit sur ton bail à toi. Ensuite tu pourras revenir me dire qui mène la danse.

Rudolph restait planté là comme le garçon de ferme qui se prend pour quelqu'un quand le maître vient de le déculotter et qu'il a son pantalon qui lui tombe sur les chevilles pour que ça soit plus commode de lui donner des coups sur les fesses.

Et puis il a fait demi-tour et il est parti en courant. Mais il avait laissé le drapeau.

Cette nuit-là je me suis réveillée au milieu de mon sommeil parce que j'avais entendu du bruit dehors. J'ai regardé par la fenêtre, et je l'ai vue près d'un feu de bois qu'elle avait allumé. Avec un bâton elle repoussait dans la flamme ce qui restait des étoiles du drapeau.

Je n'ai pas pu me rendormir, parce que j'avais les encyclopédies qui me tournaient dans la tête. L'éternuement gelé, les poèmes. Je voulais caresser ces pages, comme avant. Le drapeau dans le feu, ça ne faisait rien, mais les encyclopédies, c'est ça que je voulais. Peut-être qu'elles n'avaient jamais été à moi, mais de les toucher, de les regarder comme j'avais fait, ça faisait qu'elles m'appartenaient tout de même un peu.

C'est ce que je me disais pendant qu'elle attisait son feu.

J'avais eu bien tort de croire qu'elle serait heureuse quand mon papa mourrait. Cette femme-là, on ne pouvait même pas mourir pour lui faire plaisir. Vous aviez sûrement fait ça rien que pour l'embêter.

Tout ce qu'on faisait, c'était toujours contre elle. Elle avait même mis à la porte ses domestiques noires parce qu'elle était persuadée qu'elles étaient de mèche pour la voler à son nez et à sa barbe.

Une fois qu'elles ont été parties, il ne restait plus qu'elle et moi. Moi pour m'occuper d'elle et pas le contraire comme on pourrait croire.

Ça ne m'a pas étonnée, parce que j'avais renoncé à m'attendre à quoi que ce soit. Je vivais sans savoir ce qui allait arriver le quart d'heure d'après.

Au moins, de m'occuper d'elle m'a permis de ne plus travailler aux champs.

Quand elle s'est retrouvée au lit avec la grippe, tout ce qu'elle voulait faire c'était parler. D'ailleurs, elle pouvait pas faire grand-chose d'autre. J'ai appelé le docteur, il est venu la voir et il m'a dit de lui donner des nourritures spéciales, alors j'ai envoyé le mari de Mavis les acheter. Elle a dit au docteur de s'en aller et de ne jamais revenir et de déposer dans l'entrée toute l'argenterie et tous les bijoux qu'il avait volés. Il n'a fait qu'en rire, comme si c'était une bonne plaisanterie. Tu parles.

Ensuite elle a dit je n'ai pas besoin de docteur puisque j'ai Ellen pour s'occuper de moi.

Ce que j'ai fait du mieux que j'ai pu.

Elle voulait surtout parler de mon papa, et il n'y avait pas la moindre logique dans tout ce qu'elle disait. C'était comme d'écouter trois conversations en même temps. Elle faisait les questions et les réponses pour les trois personnes à la fois.

Mais un jour, elle s'est soulevée sur ses coudes, et d'une voix claire et nette comme si elle sortait d'une longue maladie elle m'a dit, Ellen, tu l'as aidé, n'est-ce pas ?

Pourquoi elle me disait ça ? Qu'est-ce que j'ai fait de mal ? je me suis dit. Un petit roupillon et tout ira bien, il avait dit, et si ça ne suffisait pas à me faire taire, le couteau était là pour ça. C'est plus facile pour moi aujourd'hui de voir dans quel brouillard il était, ne se doutant sans doute pas qu'elle pourrait être morte bientôt.

C'est comme quand vous avez mal au cœur et que vous savez que tout ce que vous avez mangé ou eu envie de manger pendant toute votre vie est là qui tourne en rond dans votre estomac. Vous voudriez bien vomir pour vous soulager, mais le soulagement n'est qu'un rêve auquel vous essayez de croire tout en sachant bien que la seule réalité c'est ce brassage incessant à l'intérieur de vous.

Allez-y. Enfoncez-le, avait dit le magicien. Enfoncez-le et tournez-le deux ou trois fois pour voir si ça fait mal. Vous voyez ? Vous n'avez rien senti.

Et à travers tout ce brassage incessant, j'ai vu son visage. Elle avait un grand sourire de clown et elle me disait, tu as intérêt à mieux t'occuper de moi que tu ne t'es occupée de ta maman.

XI

Je me suis mise dans mon coin pour réfléchir, et je crois que j'ai plus ou moins compris toute l'histoire.

Je n'ai peut-être pas tous les détails, mais ce que je ne dis pas ou ce que je ne sais pas dire n'est pas assez important pour changer l'essentiel de ce qui s'est passé.

De savoir ou de croire que je savais tout ce qu'elle avait fait, ça m'a aidée à mieux maîtriser la situation pendant mon séjour chez elle.

Maintenant je comprends ce qu'on veut dire par l'expression tâtonner dans le noir.

Quand j'ai découvert son histoire, je me suis dit je n'ai plus qu'à aller tout droit à Hollywood pour me trouver un rôle à la Sherlock Holmes. Il a fallu pas mal de réflexion pour ajuster les morceaux, et surtout je devais me retenir d'en rajouter sur ce qui s'était vraiment passé.

C'est ce qui arrive à force de lire trop de vieilles histoires.

La maman de ma maman nous avait à l'œil, mon papa et moi, grâce à Rudolph et à Ellis.

Et puis Ellis est mort.

Comment il est mort je n'en sais rien, mais je dirais qu'on l'a assassiné. Je sais que là j'invente, parce que ça ferait tout de suite mieux dans l'histoire s'il avait été tué à l'aide d'une corde de piano par la maman de ma maman qui aurait porté à cette occasion un capuchon noir sur la figure.

Mais tout ce qui compte, c'est qu'il est mort, et il n'y avait plus que Rudolph pour venir raconter ce qu'on fabriquait, mon papa et moi. Il répétait à la maman de ma maman tout ce que les vieux du quartier racontaient sur notre compte pendant qu'ils bavardaient à l'épicerie du coin. Il répétait ce que les ménagères racontaient sur notre compte pendant qu'elles pétrissaient leur pâte à pain ou qu'elles étendaient leur lessive.

Ouais, la môme Ellen, elle est tout le temps à courir sur la route avec sa petite copine nègre, ils disaient par exemple.

Ouais, la môme Ellen, elle fait rien que d'embêter Untel pour qu'il la ramène de l'épicerie en voiture.

Il doit s'en passer des choses dans cette baraque dès que la nuit tombe, ils devaient dire.

Rudolph entendait les racontars du jour, et il trottait chez la maman de ma maman comme un bon chienchien qui a un moineau dans la gueule. Alors elle lui tapotait la tête, et elle lui donnait une enveloppe pour nous, et une enveloppe pour lui parce qu'il avait fait du bon travail.

Je ne pourrais pas jurer que tout ça est vrai, parce que ça a l'air incroyable quand je me le raconte dans ma tête. Mais si bizarre que ça paraisse, mon instinct me dit que je suis sur la bonne piste.

J'ignore les détails : quand et comment elle est allée à la banque, et comment elle a racheté la ferme et pris toute sa terre à Rudolph, mais tout ce qui compte, comme j'ai déjà dit, c'est qu'elle l'a fait. Maintenant, l'étape suivante, c'est de savoir *pourquoi* elle a fait ça.

Ça a dû la mettre en rage quand cette vieille Ellen s'est tirée de chez son père. Ça a été bon pour moi, mais mauvais pour lui, parce qu'à partir de là, elle n'avait plus aucune raison de se retenir comme elle l'avait fait avant pour la seule raison qu'elle n'avait pas tout à fait le courage de laisser une petite fille crever de faim.

La façon dont elle a fait les choses, c'est qu'elle a continué à donner à Rudolph les enveloppes à mettre dans la boîte aux lettres, mais elle mettait de moins en moins d'argent dedans chaque semaine. Seulement une toute petite somme chaque fois, ce qui fait que lui, du coup, il n'avait qu'une seule idée, c'était de claquer son fric dès qu'il le touchait.

Il aurait bien fini par se détruire tout seul à petit feu, mais elle en avait marre que ça traîne.

Il claquait tout de suite son malheureux fric, et il risquait d'oublier dans l'opération que sa vie avait toujours été moche, et que ça allait de mal en pis.

J'avais toujours pensé qu'avec un peu d'imagination on aurait pu s'arranger pour faire durer l'argent. Mais il avait dépensé toutes ses réserves d'espoir, c'est pour ça qu'il aimait bien dire faites un vœu dans une main, crachez dans l'autre, vous verrez laquelle des deux se remplit la première.

C'était un homme qui était la faiblesse même, c'est ce que j'ai souvent entendu les gens dire de lui. Et c'est exactement ce qu'il ne faut pas être si vous avez affaire à la maman de ma maman. Elle vous fonçait dessus comme un rouleau californien, et elle vous laissait assis sur le derrière à vous étrangler avec ce que vous aviez voulu dire. Vague après vague, elle vous submergeait, et riait de vous voir vous débattre au milieu de l'oubli qui déferlait sur vous.

C'est comme ça qu'elle avait fait perdre la tête à mon papa.

Peut-être que je devrais être triste et dire une prière pour lui quand je me le représente se débattant de loin contre elle, mais je lui en veux d'avoir été assez faible pour se laisser battre à mort par une simple petite vieille, même si c'était une petite vieille méchante comme une fée Carabosse.

Les hommes et les papas, c'est pas censé être comme

ça. N'empêche qu'à force de s'écouter et de ménager son cœur, le cœur en question, si fort soit-il, devient fragile comme le cœur d'un chien de manchon. Ça ne vous empêche pas de plastronner, et d'essayer de montrer que vous faites face bravement.

Tout ce qu'elle avait à faire, c'était d'attendre que Rudolph lui rapporte son dernier moineau. Au lieu de ça, ça a été un drapeau.

Mon dieu, si je racontais tout ça à Julia, elle dirait que ma tête va éclater. C'est exactement ce qui est arrivé à mon papa.

Il a eu une veine ou un vaisseau qui lui a explosé dans le cerveau, alors il est mort. Moi aussi quand j'y pense ça me fait une douleur dans la tête.

Sa grippe à elle a empiré quand il s'est mis à faire froid dehors. Elle transpirait, et puis elle m'engueulait parce qu'elle était complètement glacée. J'avais du mal à suivre tous ces changements.

Elle a fini le sirop que je lui donnais, et elle a juré que c'était ça qui l'avait rendue malade depuis le début. Comment voulez-vous raisonner quelqu'un comme ça ?

J'ai fait du mieux que je pouvais avec la malade que j'avais sous la main.

Je ne la laissais jamais se lever pour aller aux toilettes toute seule. Vous laissez quelqu'un de son âge aller faire ses besoins tout seul, et vous vous retrouvez avec une fracture du col du fémur sur les bras. Je ne la laissais jamais non plus prendre un bain. C'est trop facile de glisser. Je la lavais membre après membre. Tous les jours je sentais la méchanceté qui lui sortait petit à petit du corps, mais son esprit était encore remonté comme une pendule.

Elle ne se plaignait jamais des soins que je lui donnais. Seulement de mes yeux.

Tu as les yeux de ce salaud, elle me disait quand je

lui lavais la figure. Alors je les fermais.

Mes yeux, j'y peux rien, j'avais envie de lui dire. Mais je me contentais de me dire à moi-même, celle-là je vais bien m'en occuper, et je laisserai personne me donner des ordres.

Oui mais si j'arrive pas à l'empêcher de mourir cette nuit ? Qu'est-ce que les gens diraient en nous trouvant toutes les deux dans la maison, elle morte et moi vivante ?

Ça pourrait bien arriver, puisque ça c'est déjà produit une fois. Mais elle ne mourra pas pendant que je m'occupe d'elle.

Je vais la laisser dormir, mais je la réveillerai si je vois qu'elle commence à mourir. J'espère qu'elle s'arrangera pour me prévenir d'une manière ou d'une autre. C'est ce que j'aurais dû faire avec la première. Allez vas-y, secoue-toi, réveille-toi. Tu avais peut-être pas envie que je te réveille, mais toutes les fois où je t'ai laissée gentiment dormir, ça compte, non ? Vas-y, tousse un bon coup. Allons, réveille-toi.

Je veux te poser une question.

Quelle question ?

Eh bien, je sais pourquoi tu pouvais pas sentir mon papa, mais moi ? Comment ça se fait que tu ne vois pas que je ne suis pas comme lui ?

Tout ce que je sais c'est que quand je te regarde je vois ce salaud, et tout ce qu'il a fait à ma petite fille.

Mais moi j'ai rien fait, je lui réponds, et je me demande aussitôt pourquoi j'ai été dire ça, étant donné que tout le monde sait bien que ce qu'on me reproche, c'est pas ce que je lui ai fait, mais c'est ce que je n'ai pas fait pour elle.

Voilà, les vannes sont ouvertes, je n'ai plus qu'à entendre tout ce qu'il lui reste à me dire.

Espèce de petite garce. Tu étais installée dans cette maison comme si c'était ton palais. De mèche avec ton salaud de père. Je sais tout ce qui se passait dans cette baraque. Tu couchais avec les types que ton père ramenait. Ça m'étonne que tu n'aies pas un petit négrillon pendu à ta mamelle. Mais tu as filé avant que je puisse vous avoir tous les deux d'un coup. Toi et ton père vous l'avez laissée prendre toutes ces pilules, probable que vous l'avez même poussée à les prendre. Et ensuite vous l'avez laissée mourir. Et puis quelqu'un est venu me raconter qu'on t'avait trouvée couchée contre elle comme une petite idiote. Mais ma petite, je te tiens maintenant. Peut-être que tu t'es sauvée avant que ce salaud reçoive ce qu'il méritait, mais je te jure que t'as pas fini de payer ta part.

C'est faux, tout ce que les gens t'ont raconté sur moi, je lui dis.

Mais ça ne servait à rien. C'est comme quand on vous trouve tenant à la main le pistolet fumant que vous avez ramassé près du type qui baignait dans son sang, et que vous essayez d'expliquer à la police que vous l'avez trouvé là, et que vous n'avez rien à vous reprocher, que c'est une épouvantable méprise.

Alors j'ai décidé de passer le reste de ma vie à réparer. Même si je ne savais pas ce qu'il s'agissait de réparer. Réparer ce que je finirais par décider que j'avais fait. Le jour où j'arriverais à démêler le bien du mal, et à rassembler mes souvenirs de ce qui, j'espérais, était vrai.

Rappelle-toi que tu es à moi maintenant, elle a dit, et puis elle s'est enfoncée dans ses oreillers et elle s'est endormie.

Et pendant qu'elle dormait je lisais près de la fenêtre, ou alors je regardais son lit jusqu'à ce que ça devienne un océan, et les couvertures étaient les vagues que j'avais jamais vues sauf dans ma tête. Et je me disais que j'étais bien loin de l'eau qui déferle, mais que j'étais ici avec une vieille femme, à respirer au même rythme qu'elle.

J'aurais pu la réveiller et lui demander : est-ce que tu es déjà allée à la mer ? Mais je connaissais la réponse. C'était non. Ça se voyait.

Ça te rendrait un peu plus modeste, je lui murmure pendant qu'elle dort, si une fois dans ta vie tu te trouvais à côté de quelque chose de plus fort que toi.

Et pendant qu'elle dort je me dis que ce serait le moment parfait pour qu'elle meure.

Je suis assise près de la fenêtre, et je remue les rideaux pour lui donner un peu d'air. Elle dort mieux quand il fait un peu frais. Je remue les rideaux qui sont lourds et qui ont des motifs comme dans un tableau. Ils pèsent sûrement plus lourd que moi, maigrichonne comme je suis, plus lourd que les draps que ma maman cousait pour en faire des rideaux. Elle les suspendait aux fenêtres et elle les regardait d'un air triste, comme si elle souhaitait que ça soit des images dans un livre, ou alors qu'ils soient comme ceux d'ici qui protègent bien de la lumière.

La maman de ma maman dort presque tout le temps. La seule chose qu'elle dise assez clairement pour que je la comprenne, c'est : tu as intérêt à mieux t'occuper de moi que tu ne t'es occupée de ta maman. Et chaque fois qu'elle dit ça, je réponds tout haut que je le promets, pour qu'on puisse pas entendre l'autre qui dit tue-la.

Mais je ne l'ai pas tuée, pas plus que je n'ai tué ma maman ou mon papa.

Elle est morte malgré moi.

J'ai essayé de l'aider à continuer à respirer, et quand elle s'est arrêtée, je lui ai soufflé de l'air à l'intérieur comme on doit faire. Ça ne l'a pas ranimée, mais au moins je ne me suis pas enfuie dans un rêve à côté d'elle. Je me tenais à côté du lit, je la regardais morte, avec une expression douce sur son visage pour tromper Jésus. Je lui ai dit : le score est de deux contre un maintenant. J'ai peut-être à me faire du souci pour l'âme de ma maman, mais toi tu as celle de mon papa plus la tienne. Le score est de deux contre un, mais c'est moi qui gagne.

J'étais penchée sur elle, et je me disais j'espère bien que c'est ma dernière morte pour un bon bout de temps.

XII

Debout ! C'est l'heure d'aller à l'école ! ma nouvelle maman crie.

C'est bon de se sentir en forme le lundi matin. Pas comme quand on déteste ce qu'on fait. Je m'assieds dans mon lit, et je retourne mon oreiller pour avoir le côté frais sur le dessus. Quelquefois je me dis même, qu'est-ce que je me sens bien ! Et je fais la liste de tout ce qui me plaît dans ma nouvelle façon de vivre.

Numéro un, c'est que j'ai bien l'intention de rester ici jusqu'à ce que je sois grande. Si quelqu'un essaye de m'obliger à partir, je m'enchaînerai les pieds et les mains au montant du lit, et je piquerai une crise.

Numéro deux et numéro trois, c'est que je ne dois d'argent à personne, et que je suis sûre d'avoir à manger sans avoir à préparer les trucs moi-même, et sans que ça soit en cachette.

Et le mieux de tout, le numéro quatre, c'est que quand ma nouvelle maman me dit bonjour, elle a vraiment l'air de penser ce qu'elle dit.

La seule chose qui m'embête à propos du lundi matin, c'est l'école. Julia disait toujours que ça lui prenait un bout de temps de se remettre sur les rails.

Pendant que je prends mon petit déjeuner, je le compare à celui qui est présenté sur la boîte de corn flakes, et c'est tout pareil. Les toasts. L'œuf. Le jus de fruit, le lait. Les corn flakes.

Généralement, ça me tient au corps jusqu'à l'heure du déjeuner.

Tout le monde a ses livres ? Elle vérifie.

Tout le monde a son déjeuner ?

Penser à prendre mon déjeuner, c'est automatique.

Chaque fois qu'on se prépare pour aller à l'école, le petit Roger pleure et tend les bras pour que Stella l'emmène.

Quand tu seras un grand garçon, tu pourras aller à l'école, ma nouvelle maman lui dit, mais lui ce qu'il veut, c'est pas l'école, c'est Stella.

Je reviens bientôt, sois sage, elle lui dit.

Il continue à ne pas écouter Stella ni ma nouvelle maman, il s'enfonce ses petits poings dans les yeux et il crie encore plus fort.

Mais à son âge on est vite distrait, une fois qu'on sera partis ma nouvelle maman le bercera et lui lira une histoire d'ours ou de lapin et il se tiendra tranquille. J'en suis pas certaine à cent pour cent, mais c'est ce que je ferais à sa place.

Sa maman Stella est en cinquième, et c'est la première fois que je vois une fille de son âge avec un bébé. Ça me sidère.

C'est elle la maman officielle, mais elle fait pas que ça toute la journée. Quand elle est pas là, c'est ma nouvelle maman qui s'occupe de Roger.

Si vous voyiez Stella au fond du car en train de blaguer avec les garçons de l'école, vous croiriez jamais qu'elle est maman. La semaine dernière, elle s'est teint les cheveux en jaune, jaune maïs, et ma nouvelle maman l'a emmenée chez le coiffeur et a payé pour qu'on les fasse redevenir noirs.

Ma nouvelle maman dit que Stella lui en fait voir de toutes les couleurs.

Stella est assise au fond du car avec ces garçons, et je l'entends qui pique un fou rire et qui leur dit allez, arrêtez, quoi. Mon idée, c'est qu'il y en a un qui a la main sous sa blouse, mais je ne me retourne pas pour vérifier.

Je voudrais avoir des yeux derrière la tête.

Moi-même je suis à l'avant du car parce que j'estime qu'on est là pour aller à l'école et pas pour faire la foire. Quand on descend devant l'école, Stella a déjà l'air épuisée.

Lundi, c'est toujours le jour de la musique.

Je chante faux, alors je ne chante pas trop fort pour qu'on ne se moque pas de moi. Je remue juste les lèvres en mesure et j'ai l'air de suivre avec intérêt et d'être à l'unisson. Il y a assez de gens qui chantent pour qu'une de plus, une de moins, ça ne fasse pas de différence.

Pour chanter, on va toujours dans l'auditorium, parce que c'est là que se trouve le piano. Et on passe toujours devant la classe de Starletta. Je lui fais signe, et elle me tire la langue.

La la, il y a des jours où Starletta me manque. Le mois dernier elle a défait ses tresses et j'ai dit, mon Dieu, Starletta, c'est bien toi ? quand je l'ai vue à l'école. Je m'étais imaginé qu'elle garderait toujours ses tresses, mais c'est parce que je pensais qu'elle resterait toujours petite, sans bouger.

Elle a une crise de croissance, comme on dit dans mon livre de sciences nat. Elle grandit, elle grandit. Y a tellement longtemps que je ne l'ai pas vue que j'ai l'impression qu'elle a poussé derrière mon dos, et quand je pense à elle j'ai envie de lui appuyer dessus pour qu'elle arrête de grandir, sinon bientôt elle voudra plus jouer.

Un jour à la cantine elle m'a dit qu'elle avait le béguin pour un garçon, et elle m'a montré lequel, c'était un des élèves blancs, un petit crâneur. Elle n'a jamais voulu m'écouter quand je lui ai dit qu'elle ferait mieux de s'en choisir un autre à aimer.

Ce garçon blanc, Tom, elle l'adore. Pour elle un garçon est un garçon, et c'est celui-là qu'elle a choisi.

Mais je connais ma Starletta. Son corps pousse à toute allure, et la réflexion lui vient avec.

Maintenant, y a des choses qu'elle commence à comprendre toute seule. Mais je la connais encore assez bien pour savoir ce qu'elle mijote dans sa tête.

Ça sert à rien de mettre le grappin sur un garçon noir, elle se dit, étant donné que c'est les Blancs qui ont les voitures et le fric pour vous faire mener la grande vie. Très peu pour moi de sarcler le coton toute la journée et de broder des édredons toute la nuit. Comme cadeau pour la Saint-Valentin, un garçon noir, qu'est-ce qu'il me donnera ? Des bonbons à trois sous, ou bien un cœur découpé dans du papier. Alors que ce Tom, lui, il peut demander à sa maman d'acheter quelque chose de vraiment joli quand elle ira en ville, et elle le paiera sur son argent à elle.

C'est comme ça qu'elle raisonnait, Starletta.

Je sais que ça la démange, profond profond, là où un Noir peut pas aller gratter.

Pendant qu'on chante dans le hall j'arrête pas de penser à elle.

Ce qu'on chante varie suivant la saison. Pour Thanksgiving, les dindes et les dindons. Pour Halloween, les fantômes. A Noël, mon beau sapin roi des forêts. A Pâques, les cloches. Et quand c'est une saison qui n'a rien de spécial, on chante des chansons sur l'Amérique.

Enfin, eux ils chantent. Moi je me contente de remuer les lèvres, et tout le monde est bien feinté.

Toutes les deux on se fait des listes de ce qu'on a à se raconter. On a commencé quand je suis allée vivre chez Julia. Ma liste est généralement plus intéressante que la sienne, mais c'est seulement parce que moi je peux aller au cinéma, ou à l'épicerie. Sa liste à elle c'est du genre mon papa nous fabrique des cabinets à l'intérieur de la maison. Ou bien, ma maman a un furoncle dans le cou.

Je me demande combien de temps ça va encore l'intéresser de faire ces listes avec moi, et quelque chose me dit qu'un de ces jours dans pas longtemps elle va plus penser à moi du tout. Alors il faut que j'arrange quelque chose qui lui fasse tellement plaisir qu'elle continuera à y penser même quand elle sera en voiture avec son petit ami blanc ou au bal avec lui.

Moi je sais bien que je ne l'oublierai jamais, mais on ne sait jamais ce que quelqu'un d'autre pense de vous, sauf quand il vous le serine toute la journée. En tous cas, c'est ce qui me tracasse avec Starletta, elle m'a jamais dit grand-chose ni en bien ni en mal. Il va falloir que j'en aie le cœur net, et que je sache si elle pense à moi comme moi je pense à elle. C'est bon d'avoir une amie comme elle.

En rentrant de l'école, pendant tout le trajet j'arrête pas de me demander si ma nouvelle maman me permettrait d'inviter Starletta à venir à la maison et à rester dormir.

Rien que de penser à un truc pareil, ça demande du courage parce que je ne suis pas sûre que ça ait déjà été fait.

Voilà une chose que Starletta ne serait pas près d'oublier, toujours elle repenserait à moi et elle se souviendrait qu'elle a passé toute une nuit dans la maison des Blancs chez Ellen.

Je me demande si je suis bien la même, moi qui, il y a deux ans, ne voulais pas boire après Starletta, ou bien manger un petit gâteau fait chez eux même si je mourais de faim.

Oui je suis bien la même, mais je suis grande maintenant. Et je sais bien que les microbes qu'on ne voit pas et qui se glissent de ses lèvres pour se poser sur le verre et ensuite passer sur vos lèvres de Blanche, ça n'est pas ça qui risque de vous faire du mal ou de vous faire devenir Noire. S'il faut se méfier de quelque chose, c'est plutôt des gens que vous connaissez et dont vous pensiez qu'ils étaient comme vous parce qu'ils sont de la même fournée que vous. Y a intérêt à surveiller du coin de l'œil celui qui est chargé de s'occuper de vous, et à se demander si ce qu'il a dans la main ça serait pas un couteau des fois. Sa main n'est peut-être pas une main de Noir. Mais c'est bel et bien un couteau.

Et ne laissez personne vous dire le contraire, parce que ce que je vous dis c'est la vérité vraie.

Quand j'habitais chez la maman de ma maman, j'avais fait une liste où j'avais mis tout ce que je voudrais que ma famille soit, et j'avais mis blanche, et qu'elle ait l'eau courante.

Maintenant j'ai honte d'avoir mis ça.

Tout ce que je sais maintenant c'est que je veux que Starletta vienne chez moi, et si elle me le demande, je lécherai le verre dans lequel elle boit rien que pour lui montrer que je l'aime et que si elle est noire, eh bien c'est qu'elle est comme ça, voilà tout.

Je sais que ma nouvelle maman voudra bien. Elle dira quelque chose du genre, tes amies sont mes amies.

Ça peut avoir l'air d'une formule toute faite, mais elle le pense vraiment.

J'ouvre la porte quand je rentre, et je cherche du regard quelqu'un à embrasser. Tous les jours elle est là dans la cuisine, et c'est drôlement de la chance, parce que c'est pas obligé, mais il se trouve qu'elle est là chaque fois, je peux l'embrasser, et je suis bien contente.

Ça couronne la journée.

Le mardi elle m'embrasse un peu plus fort parce qu'elle sait que c'est ma journée la plus dure de la semaine. Tous les mardis j'essaie de m'inventer une maladie exotique suffisamment fatale pour que j'aie pas à aller en classe. C'est le jour où le type vient me poser des questions sur mon passé.

Quelle horreur.

Je le suis jusqu'à l'infirmerie, et là il me dit détends-toi, on va bavarder un peu. L'infirmière n'est pas là pour écouter, parce que c'est le jour où elle va aux champs donner des piqûres de fortifiants aux bébés des ouvriers agricoles. Sauf qu'un jour elle est rentrée en avance, et on l'a surprise dans le couloir, l'oreille collée contre la porte.

Il commence toujours de la même façon, il me dit de bien me détendre et de lui dire ce que je ressens.

Moi je n'ai pas l'impression d'avoir un problème, mais lui on le paye, et sûrement pas mal, pour découvrir ce qui ne va pas et pour me guérir.

Alors, comment ça va aujourd'hui ? il demande toujours.

Très bien, je réponds chaque fois, gentille, l'air sincère, parce que si je lui disais la vérité, qui est que j'aimerais mieux être sur la route à casser des cailloux plutôt que là où je suis, il me demanderait pourquoi je suis sur la défensive.

Il ne laisse pas passer un mot que je dis sans tirer dessus dans tous les sens, le déformer jusqu'à ce qu'il ressemble à ce qu'il a dans ses livres, alors comme par miracle, ce que je dis est toujours exactement ce qu'il souhaitait m'entendre dire.

A ce moment-là il sourit, tout fier de lui.

Et on repart sur autre chose, par exemple, pourquoi je ne suis pas un être sociable. C'est ce qu'il m'a sorti le mois dernier. Je lui ai répondu que c'était parce que j'avais pas envie, mais que l'année prochaine, une fois que j'aurais réglé certains trucs, ça serait peut-être différent.

Ma réponse ne lui a pas plu du tout. En tous cas, c'est

ce qu'il m'a dit. Mais je crois qu'en fait il était ravi, parce que ce n'était pas très aimable de ma part, comme réponse, alors ça prouvait qu'il y avait encore du boulot à faire.

Si tout le monde était bien content bien gentil, il n'aurait plus de boulot. Si vous retournez les choses, et que vous les prenez par ce bout-là, tout s'éclaire.

Ellen ? il dit, pour attirer mon attention.

Quand je suis avec lui, je pense toujours à des trucs de mon côté.

Oui ?

Ta maîtresse me dit que tu ne mets plus le même nom qu'avant sur tes devoirs.

Tiens, je me demandais si quelqu'un finirait par le remarquer.

Eh bien Ellen, il dit, comme si lui-même tâtonnait un peu, on pourrait comprendre que tu te trompes sur l'orthographe, mais tout ce dernier trimestre tu t'es mise à signer Foster [1]. Tu t'en es rendu compte ?

Evidemment, je connais mon nom de famille, je lui dis.

Bon, alors dis-moi comment tu t'appelles.

Ellen Foster.

Mais ça n'est pas ton nom de famille. Explique-moi un peu ça.

Un peu quoi ?

Eh bien pourquoi tu te sers de ce nom. Vois-tu Ellen, quelquefois les enfants comme toi qui ont subi un traumatisme important ont tendance à avoir des problèmes d'identité. Tu me suis ?

OK, continuez.

Ces enfants ont plusieurs façons d'exprimer leurs problèmes. Je pense en particulier à un enfant qui a

1. De « foster family », famille d'accueil ou famille adoptive. (N.d.T.)

connu ce qu'il ou ce qu'elle estime être une douleur au-delà du supportable. Cet enfant-là pourrait ne plus vouloir être lui-même. Tu me suis toujours ?

Je comprends.

Dès le premier jour je lui ai dit que s'il fallait à tout prix qu'il me parle, il pouvait me parler comme si j'étais pas complètement idiote. Qu'il croie pas toujours que je suis à la traîne loin derrière lui.

OK, continuez.

Il n'est pas rare de voir un tel enfant s'imaginer qu'il est quelqu'un d'autre. Ce quelqu'un d'autre n'est pas obligatoirement quelqu'un qu'il connaît. L'important, c'est de cesser de ressentir cette douleur insupportable.

OK, continuez.

J'ignore qui est ce Foster, mais ça n'a pas vraiment d'importance. Ce qui compte, c'est que tu parles et que tu te sentes en confiance avec moi. Que tu arrives à faire sortir cette douleur d'Ellen, comme ça tu n'auras plus besoin d'être quelqu'un d'autre.

Doux Jésus, je lui dis. Ça m'embête de lui dire qu'il se trompe, parce que je vois bien que ça lui a pris un bon bout de temps de construire son truc. Et le pire, c'est que je vois bien qu'il y croit.

Vas-y Ellen, dis-moi ce que tu penses. Tu peux me dire ce que tu veux.

Ça n'est peut-être pas le nom que Dieu ou que ma maman m'ont donné, mais c'est le nom que je porte maintenant. Ellen Foster. Mon ancienne famille a usé le nom qu'elle portait, et je me suis dit que j'allais prendre le nom de ma nouvelle famille. Celui-là est un nom tout neuf. Foster. Je lui ai dit tout ça.

Je commence à voir ce que tu veux dire. Continue, il m'a dit.

Avant de rencontrer Stella ou Jojo ou les autres, je savais qu'ils étaient dans la famille Foster. Et puis je suis allée habiter avec eux, j'ai fait la connaissance de tout le monde, et je me suis dit que ça ne posait pas de problème de prendre le même nom qu'eux. Je me doutais vaguement qu'il fallait faire ça devant le notaire ou à l'église, mais j'espérais que je pourrais me passer des formalités, et qu'au bout de quelque temps les gens croiraient que j'avais eu mon nom de la manière courante.

Il a ri comme si j'avais dit une blague.

Une fois qu'il m'a eu tout expliqué, je me suis sentie gourde pendant un moment. Et puis je lui ai demandé si je pouvais continuer à me servir du nom ou s'il fallait que je m'en trouve un autre.

Mon ancien nom, vraiment j'en veux plus, je lui ai dit. Ça me ferait plaisir d'en avoir un autre. S'il faut que je laisse tomber Foster, laissez-moi le temps de m'en trouver un beau.

Quand il a eu fini de rire, il a dit qu'on se retrouvait à la case départ.

Mais je croyais qu'on avait trouvé la solution, je lui ai dit. Foster ça ne va pas, alors je vais trouver autre chose.

Non Ellen. Le problème n'est pas là. Le problème, c'est de trouver *pourquoi* tu éprouves le besoin de changer d'identité.

C'est pas une question d'identité. Juste un nouveau nom que je voulais écrire grand comme ça dans le ciel pour qu'il comprenne et qu'il arrête de me torturer les méninges.

C'est vous qui vous faites des idées fausses, je lui ai dit.

Il a noté ça en vitesse, et puis il a dit, eh bien nous en reparlerons la semaine prochaine.

J'ai dit je n'ai pas la moindre intention de continuer à écouter toutes ces conneries, et je suis sortie.

Il ne me reverra pas. Il se peut que les choses s'embrouillent quelquefois dans ma tête, mais ça ne sert à rien d'en discuter. Avant de pouvoir discuter, il faut déjà avoir mis les choses en ordre, et moi j'aime mieux les laisser tourner comme elles veulent jusqu'à ce que je sois trop fatiguée pour réfléchir.

Y a qu'à laisser tourner jusqu'à ce qu'on tombe de fatigue. Et surtout ne pas réfléchir. Ça ne fait que compliquer les choses.

XIII

J'étais pas assez bête pour me laisser surprendre à côté d'une morte pour la deuxième fois.

Dans les pages jaunes de l'annuaire, ils mettent les noms des entreprises de pompes funèbres, alors j'en ai appelé une et je leur ai dit de venir la chercher, j'ai dit que ce n'était pas la peine de passer par l'hôpital. J'ai choisi la maison qui disait en belles lettres Spécialité Embaumements. L'idée paraissait bonne, donc ils ont emporté le marché.

Ensuite j'ai appelé mes tantes Betsy et Nadine, et je leur ai annoncé que leur maman était morte. Je sais que ça n'est pas gentil de dire ça, mais j'ai eu l'impression que ce qui les contrariait, c'est qu'elle soit morte si près des vacances.

Betsy a dit, ça alors, mourir si peu de temps avant Noël.

Je mourais d'envie de lui dire, écoute, tu pourrais peut-être demander au type des pompes funèbres de t'arrêter en route pour que tu puisses faire quelques courses avant d'arriver au cimetière. Mais j'ai juste dit que ça ne changeait rien qu'elle meure maintenant ou à un autre moment. Au moins, elle n'est pas morte et ensuite restée dans la maison sans que personne s'en aperçoive, comme on a dit que ça s'était passé pour mon papa. Ça paraît trop bête, alors qu'il y a tellement de passants qui pourraient vous trouver mort et le signaler aussitôt.

Nadine a dit j'arrive tout de suite, comme si je lui avais dit qu'elle venait de gagner un prix à la radio et qu'elle rappliquait à toute vitesse pour recevoir son prix.

Et c'était pas de la blague. En un clin d'œil, avant que j'aie pu fignoler mon projet, voilà tante Nadine qui débarque par la porte de la cuisine et qui dit : où est ma mère ? J'ai montré la chambre du doigt, où voulait-elle qu'elle soit ?

Si elle était morte dans la cuisine, je l'aurais tirée, poussée, mais je me serais arrangée pour la ramener dans sa chambre. Est-ce qu'elle croit que j'aurais laissé sa maman affalée au-dessus de l'évier ou étalée par terre près de la cuisinière ? Je me posais la question. N'importe qui ayant un peu de décence honore les morts et les installe sur leur lit. Surtout après ma première expérience.

Vos erreurs vous servent de leçon.

Celle-là je l'avais arrangée pour qu'elle soit belle comme une image. Personne ne pourrait dire que je n'avais pas fait de mon mieux, y compris pour la décoration.

J'avais trouvé son chapeau du dimanche, qu'elle ne portait jamais, et je l'avais posé sur sa tête, un peu de travers, comme une femme vivante mettrait son chapeau pour sortir. Mais le plus beau, ça j'en serai fière jusqu'à la fin de mes jours, c'est l'encadrement que j'avais fait tout autour de son corps. J'avais disposé autour d'elle toutes les fleurs artificielles que j'avais pu trouver en bouquets dans les vases, on aurait dit un vrai tableau. Une nature morte, comme qui dirait.

J'avais presque fini au moment où les pompes funèbres et mes tantes sont arrivées.

Les Noirs qui venaient pour l'emmener, ça leur a bien plu, mais Nadine a dit que je devais être malade pour faire une chose pareille.

Je ne me sens pas malade du tout, je lui ai dit.

Je restais sur le pas de la porte et je regardais les types faire leur travail. L'un d'eux m'a demandé si j'étais sûre que je voulais rester dans la chambre, et j'ai dit que cette fois-ci, je voulais assister à tout.

C'est vraiment toi qui l'as décorée comme ça ? l'autre m'a demandé.

Y a que nous deux dans la maison, l'une des deux c'est elle, et l'autre c'est moi, alors la réponse est pas compliquée, j'ai dit.

Eh bien j'ai encore jamais vu une chose pareille, il a dit.

Merci, j'ai dit. Je me suis donné du mal, et je me suis dépêchée de finir avant que les gens arrivent pour qu'ils puissent l'admirer. C'est assez réussi, non ?

Dommage qu'elle soit obligée de partir, j'ai pensé.

Mais ils l'ont emmenée, et pendant que j'étais assise dans la chambre, j'ai entendu Nadine et Betsy qui se disputaient devant la maison. Chacune des deux accusait l'autre de savoir que sa mère était malade et d'avoir rien fait, et voilà le résultat.

C'est ça, disputez-vous pour savoir laquelle de vous deux ne s'est pas occupée de la maman de l'autre. Vous vous refilez la faute comme on se passe le beurre à table, mais moi je ne suis pas dans le coup, parce que cette fois-ci il n'y a rien à me reprocher. Même quand elle s'est retrouvée morte archi-morte et que je ne pouvais plus rien faire pour elle, je l'ai décorée pour en faire cadeau à Jésus, pour qu'il y ait une chance qu'il la prenne. Seigneur Jésus, prenez celle-là que j'ai faite toute belle pour vous, et mettez mon nom là-dessus pour compenser la fois où j'en ai gardé une sans vous la donner. Remarquez, cette nouvelle morte-là, je ne lui fais pas confiance, et quand vous la regarderez bien en face, dans votre sagesse et votre connaissance, Seigneur Jésus, vous saurez que son sourire c'est des boniments.

Mais je vous en prie, prenez-la quand même. N'oubliez pas que c'est moi qui vous la donne, et si vous le pouvez, tâchez de me faire savoir d'une manière ou d'une autre que vous et moi, on est quittes maintenant. Je ne suis pas prête à recommencer de si tôt. Je sais bien que je lui ai dit de se faire du souci pour son âme, mais je lui ai menti par méchanceté. C'est moi qui me fais du souci pour les âmes, et maintenant je voudrais un peu la paix, je voudrais m'occuper uniquement de moi et de la vie qui me reste à vivre. Alors Seigneur Jésus, vous réglez notre petite affaire, s'il vous plaît, je vous en remercie d'avance. Je vous prie de noter que cette fois-ci j'ai fait tous mes efforts, et que je ne me suis pas endormie pour oublier. La toute dernière, là, elle est peut-être déjà devant vos portes, je ne sais pas combien de temps ça prend de faire le voyage. Il se peut qu'en la regardant vous vous disiez, cette vieille Ellen a eu beau la faire toute belle, elle est quand même trop méchante pour être ici. Il se peut que vous vous disiez ça, ou que vous le disiez à la personne chargée de mettre des croix à côté des noms. Mais Seigneur Jésus, rappelez-vous comme l'autre était bonne et gentille, il faut lui pardonner d'avoir quitté votre monde. Ma maman ne savait pas ce qu'elle faisait. Elle était tellement triste qu'elle n'avait plus sa tête à elle. Ça nous arrive, à nous autres. Vous réglez notre affaire, s'il vous plaît. Et j'attendrai un signe, dans un sens ou dans l'autre, qui me montre comment je suis censée vivre.

Voilà la prière que je faisais dans la chambre de la maman de ma maman où je suis restée longtemps, enfermée par les rideaux qui étaient lourds et qui isolaient la pièce de tout ce qui se passait à l'extérieur.

Nadine est entrée et elle m'a dit de faire mes bagages, que je venais dans sa maison habiter avec elle et Dora.

Alors j'ai mis toutes mes affaires dans ma boîte en carton. Je sentais tout mon corps bouger au ralenti, au rythme du disque qui était à la mauvaise vitesse mais qui reprenait petit à petit de l'accélération, je sentais que ça venait. J'ai mis mes affaires dans mon carton en espérant que je n'allais pas avoir encore le tournis à entendre toujours la même musique, où tout ce qui changeait c'était la voix des gens qui me disaient de faire ci ou de faire ça. Pendant que je pliais mes habits et que je les rangeais pour partir, j'ai rappelé à Jésus que ce n'est pas comme ça qu'une petite fille est censée vivre. Je lui ai redemandé de bien vouloir régler notre affaire pour que je puisse redevenir une petite fille innocente, et qu'une grande personne bonne et gentille puisse m'aimer.

Je suis partie avec Nadine pour aller chez elle, et pendant tout le trajet je repensais aux vases sur les cheminées que je caressais en cachette, et au chemin près des maisons noires où j'allais en ayant aussi peur que quand je soulevais le couvercle d'un pot à motifs égyptiens pour voir ce qu'il y avait dedans.

Je n'ai jamais trouvé d'argent caché à l'intérieur des pots, mais tous les soirs en me couchant, je savais que sur le chemin près des maisons noires, j'avais trouvé un petit quelque chose. Je ne savais pas mettre un nom sur ce que c'était, mais je me disais, prends note de ce que tu as vu aujourd'hui, parce qu'un jour ou l'autre ça pourra servir. Prends note de la façon dont ils rient et dont ils disent au tout petit qui apprend à marcher, attention aux ma'ches. C'est dange'eux. Prends note de tout ça, et essaie de comprendre pourquoi soir après soir tu retournais là-bas. Et puis un jour où tu seras toute seule, tout d'un coup tu comprendras ce que veut dire ta liste, tu sauras que c'est une liste que tu pourrais emmener avec toi dans un magasin, si ça existait, ce genre de magasin, et tu dirais au vendeur, donnez-moi ci, et ça, et encore ça. Et au bout du compte, c'est un chez-toi qu'il te donnerait.

Et donc je suis repartie avec Nadine en sachant bien que ce coup-ci, ce ne serait pas un chez-moi, alors ça n'était pas grave si je me retrouvais perdue si loin de la maison noire à laquelle le chemin menait.

Je n'aurai qu'à faire comme si j'étais à l'hôtel, je me suis dit. J'y resterai un bout de temps jusqu'à ce que je trouve l'endroit suivant, avec l'aide de Dieu ou sans, probablement sans.

On était en hiver, et j'avais pratiquement arrêté d'aller à l'école. Je pensais tout le temps que la police allait venir me chercher, mais ils ne l'ont pas fait. Si j'avais raté mes compositions les jours où j'y allais, alors ils auraient pu me punir, mais je ne faisais presque pas de fautes d'orthographe, et quand je me trompais dans les chiffres, c'était des fautes de négligence.

J'avais toujours pensé que ce serait plus intéressant d'être dans une école un peu plus difficile.

Le lendemain du jour où je suis allée chez Nadine et Dora, il y a eu l'enterrement de la maman de ma maman. Il y a juste eu un service devant la tombe, pour la raison, je suppose, que c'est jeter l'argent par les fenêtres de louer toute une église quand on attend au plus trois ou quatre personnes.

Je n'y suis pas allée avec elles, parce que je savais à l'avance tout ce qui allait se passer, et que c'était pas quelque chose que j'avais envie de voir deux fois.

Alors Dora et Nadine se sont habillées pareil toutes les deux, et elles m'ont laissée toute seule à la maison. En partant, Dora m'a dit, et tu entres pas dans ma chambre !

Ce que j'ai pris pour une invitation à aller traîner mes bottes de ce côté-là pour voir un peu ce qu'elle planquait au fond de sa penderie ou de ses tiroirs.

Y a pas grand-chose à dire sur ce que j'ai trouvé. Dora n'a pas de secrets pour moi, mais elle s'imagine que sa petite personne est plus intéressante qu'elle ne l'est en réalité. Le fait qu'elle cache derrière son linge des romans-photos, ça m'a pas exactement étonnée. Et ça ne m'a pas non plus tellement soufflée de découvrir sous son matelas des photos de stars de cinéma.

Mais sûrement que sa maman serait choquée, et qu'elle dirait Dora, tu me déçois terriblement. Et si j'avais le malheur de me trouver dans les parages, elle finirait aussi bien par dire que c'est moi qui ai planqué tout ça dans les affaires de Dora, parce que je suis jalouse d'elle, et de toute cette chance qu'elle a.

Une telle chose peut fort bien se produire pendant mon séjour ici, et il faut que je me tienne prête à affronter ce genre de situation, parce que c'est comme ça qu'elles fonctionnent toutes les deux. J'ai décidé que le mieux, c'était de faire comme si elles n'existaient pas, et de me tenir tranquille dans mon coin dans toute la mesure du possible.

J'ai décrété que je resterais dans ma chambre sauf pour aller dans la salle de bains ou aux toilettes, pour répondre au téléphone si quelqu'un m'appelait, et pour aller à l'école. J'avais bien pensé prendre mes repas dans ma chambre, mais je n'aimais pas l'idée qu'on me ferait passer mon plateau comme si j'étais dans la cellule des condamnés à mort. J'ai donc décidé de manger à table normalement.

J'ai aussi décidé qu'une de mes erreurs jusqu'ici avait été le manque de préparation. Plus de ça. Pendant qu'elles étaient au cimetière, j'ai décidé que si je cessais de perdre mon temps, je pourrais à l'avenir être aussi heureuse que n'importe qui, et que là maintenant, avec l'année qui se terminait et la nouvelle année qui commençait, c'était le bon moment pour que cette vieille Ellen prenne un nouveau départ.

Et c'est ce que j'ai fait. Je crois que c'est comme ça que j'ai fini par devenir quelqu'un, parce que j'ai décidé ça sera comme ça et pas autrement, et en deux temps trois mouvements, tchac, j'avais une nouvelle maman. Et je l'ai examinée sous toutes les coutures avant de décider que celle-là, c'était pour de bon.

J'occupais la chambre d'amis où avait vécu l'ancien mari de Nadine. Il n'était pas mort d'un coup, mais il avait eu une espèce d'attaque, et il avait fini ses jours ici. Je m'imagine Nadine prenant à son service une domestique noire pour s'occuper de lui et lui disant, écoute, épargne-moi les détails, réponds juste très bien quand je te demande comment il va. Nadine n'avait sans doute aucun besoin qu'on lui dise la vérité, et encore moins besoin de la découvrir par elle-même.

C'est elle tout craché.

C'est comme ça qu'on a Nadine et Dora qui n'arrêtent pas de se raconter des histoires, comme quoi chaque jour qui passe les rend plus jolies, et comme quoi ce qui ne vient pas des grands magasins dans un paquet doré ne vaut pas la peine qu'on l'ouvre.

Moi j'aurais long à en dire sur ce qui peut se trouver à l'intérieur d'une boîte, pas une boîte qu'on entoure de papier doré, non, une boîte noire qu'on glisse au fond d'un trou.

Et c'est ce qui fait toute la différence entre elles et moi.

Je parierais que Nadine, certains soirs, dit à sa fille, mais non ma petite choute, ton papa n'est pas mort. Il est au ciel là-haut avec les anges à jouer de la harpe, et il nous regarde, il voit comme sa petite fille est mignonne, et ils nous sourit à toutes les deux.

Conneries et compagnie, voilà ce que j'en pense. Elle pourrait tout aussi bien dire, mais non ma petite choute, ton papa n'est pas mort, il est au Pôle Nord, en train de fabriquer des patinettes et des trains électriques, en bon petit lutin qu'il est. C'est lui le bras droit du Père Noël !

Bof, si ça leur fait plaisir, toutes ces histoires qu'elles se racontent. Après tout, si ça peut les aider, j'ai pas à venir me moquer d'elles.

Mais je ne peux pas m'empêcher de voir le côté comique.

Je crois qu'elles ont été contentes de ma décision de rester de mon côté. Si une fille venait habiter chez moi et que ça me fasse pas le moindre plaisir, je serais ravie qu'elle m'annonce un beau soir à dîner, on se verra seulement aux heures des repas, ou alors dans le couloir si par hasard on se croise en allant au petit coin.

Et puis pas de chance, il a fallu que je demande qu'on m'aide à aller m'acheter des nouveaux habits. Je m'étais remise à grandir.

Nadine m'a emmenée, et une fois devant le magasin, je lui ai dit tu n'as qu'à me donner l'argent, et je m'achèterai exactement ce qu'il me faut.

Il aurait paru logique que je porte les habits que Dora ne voulait plus mettre, mais l'idée ne lui plaisait pas plus à elle qu'à moi. Quand Nadine a suggéré la chose, Dora a piqué une telle crise que je me suis dit que j'avais dû leur rendre l'ensemble rouge à carreaux avec une tache dessus. Moi ça m'arrangeait plutôt de ne pas aller à l'école avec les vieux trucs de Dora sur le dos.

J'ai ma façon à moi de m'habiller.

Ce qu'il faut faire quand on a une somme limitée à dépenser pour s'habiller, et qu'on ne veut pas s'embêter tous les matins à voir ce qui va ensemble ou pas, c'est de tout acheter pareil.

Avant de partir faire vos courses, vous regardez à l'intérieur de votre col pour savoir quelle taille vous faites pour les chemises, les chandails et les robes. Et puis vous retournez le haut de votre culotte, et vous notez aussi cette taille-là. Ça sera la même que pour les pantalons. Puis vous regardez à l'intérieur de votre soulier droit. Généralement, dans les magasins de chaussures, il y a un tableau des correspondances pour les chaussettes. Mais les chaussettes, c'est pas la peine d'en racheter chaque fois. Elles grandissent avec les pieds.

Vous allez au rayon jeunes filles, et vous dites à la vendeuse que vous voulez la taille au-dessus de celle que vous lui montrez. Vous la suivez jusqu'à la rangée des porte-manteaux, et là vous lui dites laissez-moi toute seule s'il vous plaît.

Le problème, c'est que si vous arrivez dans le magasin mal habillée, la vendeuse va croire que vous êtes une petite voleuse. J'ai toujours du mal à me concentrer sur mes achats et à prendre en même temps un air archi-honnête.

Alors pour tout vous prenez deux de chaque, exactement les mêmes sauf la couleur. Mais attention, des couleurs qui vont ensemble comme le vert et le jaune, ou le bleu marine et le blanc. Pas un orange ou un violet dans lequel vous aurez l'air ridicule.

Je prends toujours mon temps pour tout essayer, je veux être sûre que je me sens bien dans ce que je porte. Ensuite je paie, et je fais bien attention d'avoir le reçu pour le cas où il y aurait un défaut. Pour mon microscope, je leur ai même renvoyé la garantie. Il m'avait coûté cher, même si c'était seulement le modèle junior. J'estime que ce qu'on achète est fait pour durer.

Quand je rentre là où j'habite, j'étale tous les habits sur le lit, et j'admire comme tout va bien ensemble.

Quand Nadine m'a emmenée faire des courses ce jour-là, j'ai acheté la plus belle robe que j'aie jamais vue. Sérieusement. Je l'ai repérée à côté des robes ordinaires, et je me suis dit, c'est celle-là qu'il me faut.

Le prix, ça allait, alors je l'ai achetée, et elle est toujours dans ma penderie, même si elle m'arrive au ras des fesses. J'ai drôlement grandi depuis.

C'est le genre de robe dans laquelle on vous remarque. Elle était unique en son genre. Quand je l'ai passée pour voir et que je me suis vue dans la glace, j'ai eu le coup de foudre pour ma propre image.

Elle a une collerette de guipure. Pas trop voyante. Juste assez pour mettre le visage en valeur. La robe est verte, disons vert sapin, jusqu'à la taille, et là ça s'évase en jupe cloche bleu marine, avec un nœud tout fait. C'est le genre de robe qui est aussi décorative par derrière que par devant. Je me regardais tourner devant la glace, et je me disais que quelqu'un qui me verrait porter ça me ferait sûrement un grand sourire.

Cette robe a été le premier signe annonçant que ma chance était en train de tourner. Une autre petite fille et sa maman auraient pu me la piquer avant que j'arrive dans le magasin, eh bien non, elle était là à attendre cette vieille Ellen.

Je pourrais passer pour une princesse dans cette robe, voilà ce que je pensais tout en continuant à évoluer devant la glace.

Le lendemain, c'était dimanche, et c'est le jour, mais oui, où je suis allée à l'église et où je me suis dit que cette dame qui avait toutes ces petites filles en rang près d'elle, c'était forcément la nouvelle maman qu'il me fallait. Et pendant que tout le monde priait, j'ai tourné les yeux du côté de ma nouvelle maman, puis je les ai levés vers le bon Dieu, et je l'ai remercié de m'avoir envoyé cette robe.

Je me suis dit, aujourd'hui, je n'ai pas l'air de n'importe qui. Elle va commencer par remarquer la robe, ensuite moi dedans, et elle va se dire oh ça me ferait bien plaisir d'avoir une petite fille comme elle.

Tout de suite après le service, j'ai demandé à Dora tout ce que je voulais savoir sur la dame aux petites filles. Par exemple qui c'est, et est-ce que c'est ses filles à elle, ou alors des nièces, ou des amies de la famille.

Dora m'a répondu en chuchotant tout bas comme si elle était en train de parler d'enfants handicapés derrière leur dos. Elle a dit c'est la famille Foster, et c'est une dame qui prend chez elle tout le monde et n'importe qui, des orphelins aux chats égarés. Enfin, c'est ce que sa maman lui avait dit.

C'est exactement ce que je voulais entendre, et je me suis aussitôt creusé les méninges pour essayer de trouver comment m'y prendre pour devenir sa nouvelle petite fille.

Ma nouvelle maman a dit, mais bien sûr que Starletta peut venir passer le week-end chez nous, tu n'as qu'à lui proposer de prendre le car avec toi vendredi soir.

Ça ne vous est jamais arrivé, d'avoir envie de pleurer parce que vous veniez d'entendre la chose la plus importante qui pouvait vous être dite à cette minute précise ? Que le Président des Etats-Unis déclare la guerre, ça m'aurait fait moins d'effet, et pourtant ça n'est pas rien. Que mille médecins viennent dire félicitations monsieur, vous êtes le père d'un magnifique bébé et cetera, et cetera, moins d'effet aussi. Tout ce qui comptait dans mon univers à cette seconde c'était ma nouvelle maman et ce oui dans mes oreilles, oui Starletta est la bienvenue chez nous.

Je vais éclater avant de retourner à l'école et de pouvoir lui dire prépare tes affaires tu viens chez moi pour le week-end, et n'oublie pas d'apporter tes élastiques parce que je vais te demander de me refaire des tresses.

Ça fait rien si tu n'as pas de valise. Moi je me sers d'une boîte en carton. Mets juste ton pyjama et tes affaires de toilette dans un sac en papier ou dans un carton et amène-les à l'école vendredi, et on rentrera ensemble par le car.

Et après le fait d'avoir entendu ma nouvelle maman dire oui, elle peut venir, le plus important c'est de voir Starletta lever le nez de son assiette à la cantine, et je vois bien qu'elle meurt d'envie de venir rien que pour voir si je n'ai pas là-bas aussi un tapis qui gratte, ou n'importe quoi d'autre qui soit à moi et qu'elle puisse tripoter.

Viens chez moi, je te donnerai tout ce qui peut te faire plaisir. J'avais envie de lui dire ça, mais je me suis retenue de parler de donner ou de recevoir. Je ne voulais pas qu'elle s'imagine que je l'amenais chez moi pour lui donner des trucs dont elle avait besoin. Ce que je voulais, c'était Starletta pour elle-même. Elle pouvait bien ramener chez elle mon lit et mes rideaux à carreaux si ça lui chantait. Mais c'est Starletta que je veux serrer dans mes bras si fort qu'elle s'en souviendra chaque fois que quelqu'un l'aimera pour de bon. Je veux juste qu'elle s'amuse bien, et je veux lui donner sans le dire tout ce qu'elle mérite d'avoir. J'ai une énorme dette vis-à-vis d'elle. Tout ce que je veux en échange, c'est de me réveiller lundi matin en me disant on est quittes.

On aura réglé nos comptes.

Elle me manquera moins qu'en ce moment quand je ne la vois pas. On sera à égalité, et je n'aurai plus besoin de lui prouver quoi que ce soit. Et elle gardera un bon souvenir de moi, plus tard, quand elle sera en âge de réfléchir et de repenser à son passé et de se rendre compte de toutes les façons que j'ai eues de mal la traiter, bon, d'accord, pas en la vendant à des marchands sur le fleuve, ni en lui faisant faire ma lessive, mais par toutes les façons que j'avais de croire que le bon Dieu m'avait choisie de préférence à elle.

Je peux vous dire qu'il n'y a plus moyen de tenir ce genre de raisonnement, et ce serait même honteux, une fois qu'on a vu ce que c'est que le monde où nous vivons.

Alors si Starletta vient vendredi, ça ne me laisse pas beaucoup de temps pour préparer ma chambre. Ma nouvelle maman dit que de son côté elle fera tout ce qu'elle peut d'ici vendredi.

Bon, il faudrait que je passe le chiffon, et que je vérifie que c'est bien propre par terre. Et puis je veux laver les fenêtres pour qu'elle puisse regarder dehors et voir la vue que j'ai. Et puis il faut que je lui prépare des serviettes de toilette. Tu n'en aurais pas avec un S brodé dessus, par hasard ? je demande.

Elle rit et elle dit que non, mais que si ça me paraît important, elle peut en faire un en vitesse avec la machine à coudre ce soir, et je lui dirai si ça me convient.

Ma nouvelle maman est toujours prête à vous donner un coup de main quand elle voit que ça compte pour vous.

Je la remercie, et puis je me dis qu'il faut que je fasse la liste de tout ce qu'on va pouvoir faire pendant le week-end. On n'invite pas une amie à passer deux jours chez vous si c'est pour se tourner les pouces.

Vendredi après l'école, elle pourra s'habituer à la maison. Ensuite on pourra dîner. Et puis samedi on pourra monter Dauphin, et l'après-midi, on pourra aller en ville. Ou alors le contraire. Quant à dimanche, je ne sais pas. Je trouverai bien quelque chose. De toute façon, s'il le faut, je peux changer les plans. La seule chose qui compte, c'est qu'elle s'amuse.

Et jeudi, à la cantine, je raconte à tout le monde que Starletta vient passer le week-end chez moi. Si vous racontez votre secret à deux ou trois copines, et que vous leur faites jurer d'en parler à personne, vous pouvez être sûre qu'avant la fin du repas tout le monde vous regarde l'air d'en savoir long sur vous. Alors cette fois-ci je lance la rumeur moi-même, et j'espère un peu que les pipelettes vont répéter l'histoire d'une table à l'autre en l'embellissant.

Je veux que tout le monde sache que cette vieille Ellen et Starletta ont des projets pas ordinaires pour le week-end.

Et surtout, attention que ce que je vous ai dit ne soit pas répété à Dora Nelson, je dis aux pipelettes avant qu'elles passent à l'action.

Maintenant, j'ai plus qu'à attendre.

XIV

Habiter la maison de Nadine et Dora n'était pas aussi pire que j'aurais pu le craindre. J'avais beaucoup de temps à moi. Et c'est une chose que j'apprécie.

Le seul problème, c'est que tout ce temps libre vous laisse la tête disponible pour penser à des trucs, votre cerveau laisse entrer une idée en douce, et il faut la chasser comme le petit Roger quand il vient tripoter mes affaires dans ma chambre.

J'essaye donc de garder ma tête perpétuellement occupée. Mais dès qu'une case se libère, voilà quelqu'un qui vient s'y mettre, par exemple mon papa qui s'installe comme chez lui.

Mais j'ai mon idée à moi sur ce qui a le droit d'entrer dans ma tête, et à partir de maintenant j'ai bien l'intention de penser à ce que je veux et à rien d'autre. Seulement ça risque de prendre un bout de temps avant que le système soit au point.

Chaque fois que je sortais pour aller manger ou pour aller au petit coin, Dora ou Nadine me demandait ce que je pouvais bien faire toute seule dans ma chambre. J'aurais dû répondre que je remerciais le bon Dieu de la chance que j'avais de les avoir dans ma vie, mais elles auraient été capables de me croire. Alors je répondais que je lisais.

Qu'est-ce que tu lis ?

Oh, je prends de l'avance pour l'école. La rentrée est dans quinze jours, alors je me suis dit que j'allais prendre un peu d'avance.

Mais dis-moi, tu es drôlement maligne ! Nadine me dit, l'air de le penser sincèrement. C'est plutôt étonnant, alors je me tourne vers Dora, et j'attends qu'elle dise, et moi maman, tu trouves pas que je suis maligne ? Alors je regarde Nadine, et j'attends qu'elle dise une phrase du genre, mais toi Dora, mon petit chou, tu es la petite fille la plus maligne du monde. Elles ont retrouvé le sourire toutes les deux, et je les laisse là à se faire des mamours.

Doux Jésus, je me dis, je me demande si j'aurais pu devenir comme ça.

La plupart du temps je regardais dans mon cher microscope pour tuer le temps.

Il était en bon état, bien que je l'aie pas mal trimbalé dans ma boîte. J'avais enveloppé les plaques de préparation dans du papier de cabinet, et je les avais mises chacune dans leur petite case individuelle.

Personne ne connaissait l'existence de ces plaques. Je ne voulais pas que Dora les tripote, et je ne voulais surtout pas que sa maman me pose des questions. Quelque chose de petit comme ça, ça fait partie de votre intimité.

Je ne regardais les plaques que quand tout le monde dormait. Je me racontais que j'étais sur le point de faire une découverte importante, et voilà, eurêka ! Après toutes ces années de recherche en laboratoire, je venais de découvrir la mystérieuse euglène. J'avais regardé cette plaque des centaines de fois, je savais bien qu'elle était fabriquée en usine, mais c'était ma façon de m'amuser. Je ne voyais rien de mal à ça, du moment que je n'oubliais pas que j'étais cette vieille Ellen, et pas un chercheur au milieu de ses éprouvettes.

Euglène, c'était une plaque parmi les autres, mais

c'était ma préférée. Euglène. Quel joli nom pour une fille. Tiens, il faudra que j'y pense si jamais un jour j'ai une petite fille.

Il y avait deux autres plaques qu'on m'avait données avec le microscope. Sur l'une des deux il y avait des diatomées, et sur l'autre une paramécie. Je me suis toujours demandé comment on arrivait à mettre quelque chose d'aussi minuscule sur un morceau de verre. Ça pourrait être un métier pour moi.

Quand j'en avais assez de regarder mes plaques, je pouvais aussi dessiner ce que je voyais. J'ai encore toute une pile de dessins d'euglènes planqués sous mon lit. C'est assez spécial comme genre de dessins, n'empêche que si on y réfléchit, c'est quand même des dessins d'après nature.

Ce que j'aimerais, c'est de voir quelque chose de vivant qui bouge, sous ce microscope. Il faudrait drôlement se dépêcher pour attraper dans l'eau quelque chose qui nage et l'amener ici à toute vitesse pour le regarder pendant que ça frétille encore. Un jour à la télé, dans un documentaire, j'ai vu en agrandi, et en gros plan, la queue de quelque chose qui se tortillait. Qu'est-ce que j'aimerais voir ça sur le mien. Un jour je m'achèterai un vrai modèle professionnel. Je pourrais passer des journées entières, sans me lasser, à regarder au microscope des spécimens vivants. Tiens, je pourrais mettre ça sur ma liste de métiers.

Nadine demande ce que je veux comme cadeau de Noël. Elle dit que Dora et elle ont l'intention de me donner un petit quelque chose.

La seule idée de cadeau que j'aurais, ce serait un microscope plus grand que le mien, mais elle ne sait pas que celui-là existe. Je lui dis juste, oh ne vous faites pas de souci pour moi. Gardez l'argent, et achetez-vous quelque chose de joli avec. Tu m'as déjà acheté les habits, je lui dis.

Mais elle dit c'est Noël, tout le monde dans cette maison reçoit un cadeau, il n'y a pas à discuter.

Alors en ce cas, j'aimerais bien des feuilles de papier blanc, je lui dis. Pas du papier à lettres, du papier à dessin, il m'en reste que cinq feuilles.

C'est tout ? elle me demande.

Pour l'instant, j'ai pas d'autre idée.

Dora n'est pas là pour me gâcher le plaisir, tant mieux. Peut-être qu'en fin de compte, Nadine a envie de s'occuper un peu de moi. Peut-être qu'elle a envie de me faire une surprise, et que quand je me réveillerai le matin de Noël, il y aura tout plein de paquets pour moi, peut-être parce qu'elle se dit la pauvre Ellen, ou alors parce qu'elle m'aime bien au fond. La raison, on s'en fiche, ce qui compte c'est que cette année ne sera pas comme l'année dernière, parce que l'année dernière, j'ai beau essayer de me le sortir de la tête, je sais bien que c'était pas un Noël normal pour une petite fille. Peut-être que Dora va imiter sa maman, et peut-être qu'en fin de compte elles m'aimeront bien toutes les deux.

Mais on ferait mieux de se méfier quand on fait des rêves comme ça, surtout avec des gens qu'on ne connaît pas vraiment bien.

En tous cas c'est drôlement joli, une maison toute décorée pour Noël. Un vrai sapin installé dans un coin, et tout illuminé. Tout le monde qui se demande s'il va neiger. J'ai même mis une branche de houx au pied de mon lit, ça fait joli comme tout.

Je me dis cette vieille Ellen n'a pas perdu le sens de la fête.

Qu'est-ce que je vais pouvoir donner à Dora et à Nadine ? Ce n'est pas l'argent qui me manque, mais si je voulais leur acheter quelque chose qui leur plaise vraiment, toutes mes économies y passeraient. Et cet argent, je dois le garder pour mes projets à moi.

Pour Noël, si on ne veut pas dépenser d'argent, la

seule chose qui reste à faire, c'est de fabriquer soi-même les cadeaux qu'on veut donner. Comme je suis douée en dessin, je peux faire un cadeau qui soit digne d'être accroché à leur mur. Même si elles le trouvent affreux, je serai fière de donner quelque chose que moi je trouve bien.

Il faut que ça représente quelque chose qui puisse leur plaire, quelque chose de sympathique. Peut-être des chats, ou alors un pont couvert. Je sais faire les deux. J'ai appris dans un livre de la bibliothèque.

Ça ferait bien sur leur mur, un tableau, même si c'est copié. Je ne pense pas qu'elles apprécieraient mes tableaux expérimentaux, ou celui que j'appelle l'océan mélancolique.

Va pour des chats ébouriffés. Je fais ça en un rien de temps, mais si vous n'y connaissez rien, on dirait que ça m'a pris des heures. Et puis je signe mon nom, Ellen, avec des boucles, le long d'une patte.

Ça fait joli, mais ce n'est pas quelque chose que je mettrais chez moi, personnellement. Enfin, du moment que ça leur plaît...

Je pense qu'elles ne soupçonnaient même pas que j'avais ce talent. Ça va être une fameuse surprise !

En fait, j'aimerais mieux leur peindre un de mes océans mélancoliques, mais elles ne sauraient pas voir que tout l'intérêt du tableau, c'est que l'océan est à la fois fort et magnifique, et triste en même temps. Elles ne sauraient pas l'apprécier parce que, à première vue, on ne voit que le côté inquiétant. Elles ne sauraient pas comprendre qu'on s'y attache peu à peu. Ce n'est pas comme ces chats qui jouent à droite à gauche avec une pelote de laine. Je l'aime bien, ce tableau, sauf qu'il suffit de le regarder une fois, et on a saisi d'un coup tout ce qu'il y avait à savoir sur ces chats.

Enfin, si Dora et Nadine veulent des chats, eh bien elles auront des chats. Je crois que mon tableau va leur plaire. Et pour moi, c'est beaucoup plus facile de faire des chats que des océans mélancoliques.

Qu'est-ce que vous faites pour Noël toutes les deux ? je demande à un moment où Dora passe la tête dans l'ouverture de la porte.

Je suis juste venue te dire que le dîner est prêt. Je ne suis pas là pour te raconter ce qu'on fait ma mère et moi quand on est seules.

La façon dont elle a lancé son « seules », c'était venimeux.

Ecoute, cette fois-ci je serai là, et il faut que je sache, pour savoir quand je dois vous donner mon cadeau à toutes les deux.

Cadeau ? elle dit, exactement comme j'avais prévu. Alors elle entre dans ma chambre, elle s'assied sur mon lit, et elle me décrit tous les grands moments des Noëls dont elle se souvient, elle garde les yeux fixés sur un coin de la pièce, et je vois bien qu'elle voit tous les cadeaux qu'elle a eus petite fille en train de danser sur le mur, les poupées, les maisons de poupées, les gants, tout ça.

Ecoute Dora, je lui dis quand j'en ai assez d'assister au défilé, je ne t'ai pas demandé une liste, tout ce que je veux savoir c'est comment vous vous organisez. Je ne sais pas, moi, est-ce que vous faites du lait-de-poule ? Est-ce que vous chantez ? Et les cadeaux, vous vous les faites le soir de Noël ou bien est-ce que je, je veux dire est-ce que vous recevez tout en bloc le lendemain matin ?

Elle me dit que d'habitude elles passent la soirée de Noël près du sapin, tout excitées à l'idée que le Père Noël va venir pendant la nuit et que le lendemain matin on se réveille et on a la surprise.

Pendant qu'elle me racontait ça, elle s'emballait, et je n'ai pas pu m'empêcher de sourire en me disant à moi-même, ma petite Dora, je pourrais t'apprendre une ou deux petites choses. D'abord, il n'y a pas de Père Noël. Ensuite, on ne peut pas être sûr d'avoir chaque fois tout ce qu'on veut. Tu verras. Et le jour où tu te réveilleras pour t'apercevoir que le Père Noël n'a pas déposé tout ce que tu rêvais d'avoir, ou bien même qu'il a carrément oublié de s'arrêter chez toi, eh bien il faudra faire face bravement, et si tu viens me trouver on pourra en discuter toutes les deux.

Au lieu de ça je dis, mais Dora, et si tu n'as pas tout ce que tu avais demandé, qu'est-ce qui se passe ?

Dora répond, j'ai toujours tout ce que j'avais mis sur ma liste, et plein de surprises en plus.

Alors je dis, mais imagine que juste une fois il y ait une chose que le Père Noël n'a pas pu trouver, ou alors qu'un des lutins a cassé un truc en le mettant sur le traîneau ? A ce moment-là qu'est-ce qui se passe ?

Dora dit non non non, ça ne peut pas arriver, et elle sort de ma chambre en frétillant.

Et je suis restée là, moi qui en savais plus long qu'elle, qui savais ce qui peut se passer au moment où on s'y attend le moins. Un de ces jours la petite Dora va recevoir une leçon, et ce jour-là ce sera un Noël pas comme les autres, parce qu'il faudra qu'elle partage avec cette vieille Ellen.

C'est ce que sa maman a laissé entendre.

Tout ce que j'ai demandé c'est le paquet de feuilles de papier, mais elle m'a regardée comme si elle avait en tête des petites surprises ou des petits cadeaux pour aller avec. Elle ne pouvait pas le croire, que j'aie demandé que ça, et je parie qu'elle est en train de se creuser la cervelle pour trouver d'autres idées de cadeaux. Déjà elle a dit une fois que j'étais drôlement maligne. Et elle a eu la gentillesse de me demander si je voulais quelque chose en particulier. Y a pas de doute, cette vieille Nadine a une idée derrière la tête.

J'espère que le cadeau que je leur fais sera suffisant.

Et pour qu'il ne soit pas perdu au milieu des papiers et des rubans et de tous les paquets sous l'arbre, je ferais mieux de leur donner mon tableau le soir de Noël. Comme ça on le remarquera. Comme ça elle pourra tout de suite l'accrocher au mur, et ça nous fera chaud au cœur de le regarder.

Alors toutes les deux, si vous voulez bien vous asseoir sur le divan et fermer les yeux, j'ai un petit quelque chose que je voudrais vous donner. Attendez que j'aille dans ma chambre, je reviens tout de suite. N'ouvrez surtout pas les yeux ! je leur dis.

Et je les laisse sur le divan, sûrement à se demander le cœur battant, oh la la qu'est-ce qu'on va voir, et cette vieille Ellen revient et leur dit, OK, maintenant vous pouvez regarder !

Alors, qu'est-ce que vous en pensez ? je leur demande, parce qu'elles n'ont pas encore ouvert la bouche.

Eh bien mais c'est très joli, Ellen, Nadine dit.

Dora demande si j'ai décalqué les chats.

Alors là ça me fout en boule, mais comme c'est Noël je dis non Dora, j'ai fait cette peinture moi-même pour que ta maman et toi vous l'accrochiez dans le living, ou bien où vous voudrez.

Elle répète sa question à propos du calque, et moi je redouble d'amabilité.

Non Dora, je lui dis. J'ai dessiné ces petits chatons en pensant à toi.

Sa maman dit qu'ils sont très mignons et qu'elle les accrochera dès demain.

Et pourquoi pas tout de suite ? je lui demande.

Mais mon chou il faut un cadre. Un joli tableau comme ça a besoin d'un joli cadre.

Je lui rappelle que le magasin ne sera pas ouvert demain puisque c'est Noël, mais qu'elle ne s'inquiète pas, je m'en suis occupée.

Comment ça ? elle me demande.

Alors j'étale par terre tous les cadres en papier de couleur que j'ai faits, et je leur dis qu'elles peuvent choisir le cadre qu'elles veulent, et que je ferai tout de suite le montage.

Dora demande à sa maman si elle a l'intention d'accrocher au mur une mocheté de cadre en papier, et sa maman lui dit sois gentille avec Ellen, c'est très rigolo ce qu'elle a fait.

Mais ça n'a rien de rigolo, et ça n'est pas une plaisanterie, j'ai envie de dire. J'ai envie de ramasser mes chats et mes cadres et de flanquer le tout au feu et d'oublier cet élan stupide que j'ai eu, et de les regarder toutes les deux en train de se fiche de moi.

Mais j'ai tout laissé planté là et je suis sortie du living.

Et pendant que je retournais dans ma chambre où je suis restée toute la nuit à guetter d'une oreille les bruits de sabots ou les tintements de clochettes, j'ai entendu Nadine dire à sa fille, écoute-moi mon petit chou, Ellen a fait un gros effort pour nous faire plaisir, tu n'aurais pas dû lui faire de la peine. Même si on trouve ça un peu ridicule et de mauvais goût, il faut quand même remercier gentiment. D'accord ? Alors quand Ellen sortira de sa chambre, tu seras gentille avec elle. On va accrocher son dessin comme si c'était le plus joli tableau du monde, et puis quand elle sera repartie et qu'on se retrouvera toutes les deux seules toi et moi, on l'enlèvera. D'accord ?

J'étais dans la cuisine quand j'ai entendu tout ça. Le feu m'est monté aux joues, j'ai cru que j'allais griller sur place. Je brûlais de l'intérieur de la poitrine jusqu'à la racine des cheveux. J'ai continué mon chemin jusqu'à ma chambre, et j'y suis restée toute la nuit, incapable de fermer l'œil tellement j'avais de colère et de honte, et tellement j'avais envie d'entendre un traîneau atterrir sur le toit.

Je n'ai rien entendu, d'ailleurs je savais que ce n'était pas possible, et ensuite le matin il y a eu la voix mielleuse qui disait, réveille-toi Ellen, viens voir ce que le Père Noël t'a apporté.

Alors je suis allée dans leur living où elles étaient toutes les deux, et où il y avait encore le fantôme des paroles qui avaient été dites la veille, et j'ai vu Dora qui était déjà en train d'enlever sa culotte à une poupée, exactement la poupée qu'elle rêvait d'avoir, celle qui marche et qui parle et qui fait pipi comme un enfant vivant. J'aurais voulu voir Starletta avec son petit négrillon dans le petit lit. Au lieu de ça c'est Dora qui a tellement de choses qu'elle ne sait pas par quel bout commencer, et moi je voudrais voir Starletta avec sa ville en carton et ses livres d'images, ses habits et ses chaussettes, et son jeu de construction.

Et je me demande comment ça se fait que Starletta, elle, je ne la déteste pas.

Et voilà encore Dora qui tourne autour de l'arbre, qui touche à tout ce qu'elle a reçu, et qui marche sur les habits et les chaussettes pour aller chercher les jouets.

Je n'aurai donc pas l'occasion de dire à Dora, je te l'avais bien dit.

Elle ne viendra donc pas en courant vers moi, folle de rage d'avoir à partager quelque chose avec quelqu'un pour la première fois de sa vie. Elle ne ralentira pas dans sa course autour de l'arbre, parce qu'aujourd'hui elle n'a aucune raison de me détester.

Mais en moi la haine brûle très fort, et je me demande pourquoi il faut en plus que je sois là à regarder le spectacle. Pourquoi est-ce qu'on m'oblige à regarder ce que je n'ai aucune envie de voir ?

Pendant que je me pose la question, je sens quelque chose dans ma main qui doit être mon cadeau.

Et Nadine dit qu'elle sait que c'est exactement ce que je voulais, et que comme je suis difficile et que c'est dur de faire des courses pour moi, elle a pensé qu'il valait mieux ne pas prendre de risques et me donner exactement ce que j'avais demandé.

Point final.

Alors qu'est-ce que vous faites quand le tournis vous prend et que le mouvement fait tournoyer le temps comme un fou autour de vous sans la moindre possibilité de vous arrêter une seconde pour saisir quelque chose à quoi vous accrocher ? Tout ce que vous essayez de faire, c'est de tenir debout, et d'une voix claire et nette, vous donnez au tournis l'ordre de stopper aussitôt, pour que vous puissiez vous tirer de là, loin de tout ce boucan. C'est comme ça que j'ai réussi à marcher.

C'est comme ça que j'ai réussi à marcher et à m'éloigner de Dora et de son arbre, et de Nadine et de son paquet de feuilles de papier blanc que j'ai jeté à ses pieds.

Je suis restée toute seule dans ma chambre et je me suis posé la question de savoir combien de temps j'allais encore rester dans cette maison. Je savais où je voulais aller ensuite, mais il me restait à régler certains problèmes pratiques, tels que de me procurer l'adresse, par exemple.

Nadine est venue frapper plusieurs fois à ma porte, et elle a dit que c'était très mal élevé de jeter un cadeau à la tête de la personne qui vous l'avait fait. Ensuite elle a dit, allez sors, on va être bonnes amies toutes les trois.

D'entendre des choses pareilles, ça vous met encore plus en rage, enfin disons que tout dépend du point de vue auquel on se place.

Une fois que j'ai eu le temps de me remettre et de me calmer un peu, j'ai décidé de me venger. Souvent c'est ce qui est le mieux, mais quelquefois ça aide aussi de faire des projets de vengeance même si on ne va pas jusqu'au bout.

Pour Dora et Nadine, je mettrais le paquet, j'avais décidé.

Je ne voyais qu'une chose que Dora n'avait pas, et qu'elle n'aurait probablement jamais, c'était un petit ami. C'est pas qu'elle n'aimait pas les garçons, et une fois dans les vignes je l'avais entendue promettre à deux garçons qu'elle leur laisserait toucher ses nichons. Quand ensuite elle a fait machine arrière, les garçons ont dû être furax. A l'école on dit que Dora c'est un pas en avant, trois pas en arrière.

Alors si je pouvais me trouver un petit copain et me pavaner sous les yeux de Dora avec lui, je pourrais lui rabattre un peu son caquet, et ça ne serait pas pour me déplaire. Sauf que comme on ne va pas à l'école pendant les vacances de Noël, y a personne dans les parages pour remplir l'emploi. Il faudrait un garçon qui soit plus malin, plus sympa, et en tous cas beaucoup plus beau gosse que ceux que Dora peut espérer se dégotter.

Je ris encore de cette histoire.

Comme je n'avais pas un garçon en chair et en os, il fallait l'obliger à me croire sur parole. Il fallait que je sache être drôlement convaincante. Et il ne fallait pas qu'elle puisse rencontrer le garçon pour aller vérifier si mon histoire était vraie ou pas vraie.

Une fois que tout a été au point dans ma tête, j'ai dit à Nadine et à Dora qu'elles pouvaient entrer dans ma chambre, que je m'excusais d'avoir jeté les feuilles de papier. J'ai dit tout ce qu'elles voulaient m'entendre dire.

Ensuite j'ai dit, avec toute cette agitation, y a quelque chose que j'ai oublié de vous montrer.

J'ai pas dit quoi tout de suite, je voulais les laisser tirer un peu la langue.

De quoi tu veux parler ? Dora demande.

Il fallait que je me grouille, parce que je savais qu'elle

avait la tête à ses cadeaux à elle.

J'ai dit voilà ce que mon petit ami m'a donné la semaine dernière, pendant que vous faisiez des courses. Sa maman l'a accompagné en voiture, et il m'a donné ça, c'était la semaine dernière, j'attendais le bon moment pour vous le montrer. J'en suis si fière que je ne pouvais pas attendre un jour de plus.

Bon, eh bien montre-nous, Nadine dit.

Alors j'ai sorti mon microscope de la penderie, et j'ai dit, il est beau, non ?

J'avais les doigts de pieds croisés dans ma chaussure, pourvu que ça marche !

Dora a seulement dit, tiens, je ne savais pas que tu avais un petit ami.

Eh bien tu vois !

Je t'ai jamais vue avec à l'école. Je te vois tout le temps à la récré et à la cantine. Je t'ai jamais vu parler à personne à part cette petite négresse. Je ne te crois pas.

C'est pourtant vrai, je réponds, l'air convaincu.

Bon, d'accord. Comment il s'appelle ?

Nick Adams [1], c'est quelqu'un que j'ai toujours adoré et c'est lui que je choisirais si j'avais le choix. Alors c'est son nom que j'ai donné, en prenant l'air aussi innocent que possible. Je ne courais pas beaucoup de risques, étant donné que Dora ne lit que des romans-photos.

C'est pas un élève de l'école ! Tu l'as inventé !

Qui t'a dit que c'était un élève de l'école ? je lui demande, l'air aussi mystérieux que s'il s'agissait d'un espion international ou d'un type qui fait du trapèze volant. Tout est possible.

Dora et Nadine, ça leur a donné à réfléchir.

Et puis j'ai compris qu'il était temps de détourner leur attention du garçon et de la ramener sur le cadeau qu'il m'avait fait.

---

1. Héros des nouvelles de jeunesse de Hemingway. (N.d.T.)

Comment tu le trouves ? j'ai demandé à Dora.

Elle s'était rapprochée de sa maman comme si j'allais la mordre. Comme si elle venait de découvrir un sombre secret que je cachais jusque-là, un secret qui peut faire du mal aux jolies petites filles blondes et bouclées.

Alors Dora, comment tu le trouves ? je demande à nouveau.

Sa maman dit que c'est le genre de choses qu'on trouve chez les docteurs, et à quoi est-ce que ça peut bien me servir, même si un garçon me l'a donné ?

Je dis, je m'en sers pour regarder des paramécies, des diatomées ou des euglènes.

Où est-ce qu'ils sont ? Nadine demande, comme si je cachais de dangereux criminels dans ma penderie.

Ils sont là, sur ces plaques de verre.

J'en ai tendu une à Dora qui a déclaré qu'elle ne voyait rien du tout, et qu'est-ce qui me prenait de raconter tous ces mensonges un jour de Noël ?

J'ai dit à Dora qu'il fallait un œil exercé, et que si elle avait la bonne idée de s'inscrire un jour au cours de sciences nat, elle comprendrait de quoi je parle.

Ça a été la goutte d'eau qui a fait déborder le vase. Elles m'ont comme qui dirait liquidée.

Nadine a dit que j'étais une sale petite ingrate et que je méritais de recevoir une bonne raclée.

Quand elle s'est levée et qu'elle s'est approchée de moi, je lui ai dit fais gaffe, ne me touche pas, ou sinon je te tue. J'ai dit ça entre mes dents mais avec force, comme mon papa faisait. Je l'ai dit en lui lançant un mauvais regard, pour lui rappeler qu'on m'avait déjà retrouvée deux fois à côté d'une morte, et pour que l'espace d'un instant elle ait la vision d'elle-même en numéro trois.

Elle m'a dit de sortir immédiatement. De me trouver un trou à rat pour y cacher ma méchanceté. Qu'elle n'avait jamais voulu de moi pour commencer. Que Betsy ne voulait pas de moi non plus. Que tout ce qu'elles voulaient, Dora et elle, c'était vivre bien tranquilles, toutes les deux toutes seules, et qu'elle n'allait sûrement pas me supporter un jour de plus, moi et mes grands airs.

C'est à ce moment-là que je lui ai dit que c'était elle qui était folle. Qu'à force de se raconter des mensonges, Dora et elle, sur la façon dont tourne le monde, elles avaient fini par y croire. Toutes les deux vous errez dans cette maison comme des fantômes à vous faire des mamours. Vous êtes comme ces gens qui refusaient de croire que la terre est ronde. Voilà exactement à quoi vous ressemblez !

Elle a demandé où j'avais appris toutes ces insolences.

Chez ta mère, figure-toi, j'ai répondu.

Pendant tout ce temps, Dora était assise sur mon lit à pleurnicher parce qu'on lui avait gâché son Noël.

Nadine a dit qu'elle allait appeler cette espèce de juge à la noix chez lui, et qu'elle exigerait que je parte. Que j'aie onze ans ou trente ans, elle s'en fichait pas mal, elle n'avait aucune raison de supporter des méchancetés pareilles.

Et donc cet après-midi-là, j'ai fait mes bagages. Je n'avais pas le projet de partir comme ça sur un coup de tête, mais quand faut y aller faut y aller. J'avais même pas eu le temps de finir mes recherches et de trouver l'adresse de Madame Foster ni son numéro de téléphone.

J'ai dit à Dora, est-ce que tu connais le prénom de Madame Foster ? Il faut que je l'appelle pour lui dire que j'arrive.

Quelle Madame Foster ? elle a demandé.

La dame qu'on voit à l'église avec toutes les petites filles. Bon Dieu Dora, si tu me fiches à la porte de chez toi le jour de Noël, le moins que tu puisses faire c'est de répondre à une question que je te pose.

Ben je sais pas son prénom.

Alors, où elle habite ? j'ai demandé d'une voix pleurnicharde pour prendre le même ton qu'elle.

Elle habite la maison en briques rouges entre l'église des négres et l'épicerie Porter.

Mais c'est à l'autre bout de la ville, bien plus loin que l'école !

N'empêche que c'est là qu'elle habite. Je te raconte pas des histoires, elle me dit en levant le menton.

Allez, réveille ta mère et demande-lui le prénom de cette dame.

Certainement pas. Elle se repose, avec cette migraine épouvantable que tu lui as collée, et je vais sûrement pas la déranger à cause de toi. Mais dès qu'elle ira mieux, elle a l'intention de se débarrasser de toi. Et ça me fait bien plaisir.

O Dora, la paix.

J'ai continué à mettre mes affaires dans mon carton.

Pourquoi tu as mis ta belle robe ? elle me demande.

Parce que j'ai certaines choses à régler, et qu'il faut que je sois correctement habillée.

Si tu veux mon avis, tu ferais mieux de prendre un bain et d'arranger un peu tes cheveux. Enfin personnellement je m'en fiche du moment que tu t'en vas.

Oui, eh bien toi tire-toi de ma chambre et laisse-moi finir de me préparer. Ensuite tu ne m'auras plus dans les pattes je te jure.

Tu ferais mieux d'attendre que maman se réveille.

Fiche-moi la paix Dora. Pour ce qui est d'attendre, j'ai déjà donné. Attends si ça te chante jusqu'à la saint glinglin. Ellen te dit bien le bonjour.

Et quand j'ai eu fini mes bagages, je suis partie de leur maison et j'ai fait à pied tout le trajet jusqu'à la maison de ma nouvelle maman. Je suis passée devant l'école. Je suis passée devant l'épicerie Porter, mais je me suis arrêtée juste avant l'église des Noirs.

Une fois arrivée là, j'ai rapidement passé ma tenue en revue, et j'ai conclu que c'était exactement ce qu'il fallait pour me présenter devant une nouvelle maman. Moi et ma robe, elle nous reconnaîtra.

XV

Je savais par cœur tout ce que je voulais dire à ma nouvelle maman.

Depuis que je l'avais vue à l'église, je m'étais répété ce que j'allais dire, avec les diverses réponses qu'elle pouvait me faire. Ce que j'espérais, c'est que j'avais fait bonne impression quand elle m'avait aperçue à l'église. J'étais habillée de la même façon, et j'avais arrangé mes cheveux du mieux que j'avais pu, en les enduisant de salive pour les faire tenir. Elle me reconnaîtra forcément, je me disais. Mon visage ne lui est pas inconnu.

J'étais là devant sa maison avec ma boîte en carton, et j'essayais de ne pas me demander où j'irais si elle me disait que sa maison était déjà pleine de petites filles. Si elle refusait de me prendre, je n'avais plus qu'à laisser tomber. Je me creusais la cervelle pour essayer de trouver quelqu'un d'autre, mais j'avais fait le tour. Il y avait bien toujours Julia et Roy, mais je n'avais plus le courage de partir à leur recherche.

Je voyais les filles à l'intérieur de la maison. On avait tiré les rideaux, et je voyais les filles qui s'affairaient. Elles me reconnaîtront de l'école je me disais. Elles me reconnaîtront forcément, elles diront ah oui, tu es en CM 2.

A l'école, je voyais toujours ces filles séparément. Je les aurais jamais imaginées ensemble dans cette maison.

Allez, ce serait le moment de m'envoyer une petite carte de vœux. Quelque chose comme : la famille Foster vous souhaite un joyeux Noël.

Et je me suis dit Ellen, de deux choses l'une. Ou tu restes là à te frigorifier, ou tu frappes à cette porte. Alors courage, j'ai sorti mon enveloppe avec mes sous, et j'ai frappé.

J'avais mis plein d'argent de côté pour un cas comme celui-ci, où j'aurais besoin d'argent liquide. J'avais démarré avec les quatre-vingts dollars que j'avais volés à mon papa, plus les vingt dollars qu'il m'avait laissés à l'école. J'avais récolté un petit quelque chose par ci par là. Roy et Julia me donnaient ma semaine, et chez la maman de ma maman je raflais la monnaie dans le porte-monnaie. C'est comme ça que j'avais accumulé cent soixante-six dollars que je pouvais offrir à ma nouvelle maman. Ce n'est pas une fortune, mais vous ne trouverez pas beaucoup de petites filles qui ont ça à offrir pour être logées, nourries, et qu'on s'occupe un peu d'elles. Je me suis dit que comme ça elle comprendrait illico que c'était sérieux de ma part.

Elle est venue à la porte et elle m'a trouvée là. J'ai pris l'air le plus assuré que j'ai pu.

Elle m'a immédiatement bombardée de questions. Du genre est-ce que tu as froid ? Est-ce que tu as faim ? D'où viens-tu ? Tu veux entrer ? Comment t'appelles-tu ? Qu'est-ce que tu fais dans la rue ? Tu as eu un accident ? Qui es-tu ?

Mon Dieu mon Dieu, elle s'intéresse vraiment à moi, je me suis dit.

J'ai commencé par lui dire que oui j'aimerais bien entrer et non je n'ai pas eu d'accident. Je suis venue toute seule. C'est ici que je voulais venir.

Je suis entrée dans sa maison qui sentait bon l'arbre de Noël, il y avait des fruits dans des grandes coupes. Et ma parole, on avait fait frire un poulet dans cette maison pas plus tard qu'hier. L'odeur de poulet frit se distinguait de l'odeur d'arbre de Noël, et peut-être bien qu'il en restait une aile ou une cuisse dans le frigidaire.

Viens par ici te réchauffer un peu. Viens avec moi dans ma chambre, et elle a crié à Stella de prendre mon carton. Stella et les autres filles regardaient la Grande Parade de Noël à la télé, elles avaient mis le son au maximum et elles étaient vautrées par terre, peinardes, comme on est censé faire un jour de Noël.

Je l'ai suivie dans sa chambre et j'ai enlevé mon manteau.

Et tout de suite elle a remarqué ma robe.

Eh bien tu en as une jolie robe ! elle a dit. Tu es bien élégante pour te promener toute seule dans la rue un jour de Noël. Dis-moi mon petit. Tu t'es sauvée de chez toi ?

Je lui ai dit que non. Non non, je n'ai pas d'ennuis, je lui ai dit, mais j'ai besoin d'un endroit où habiter. Est-ce que ça serait possible que j'habite ici ?

Ça par exemple, on m'a souvent demandé des choses bizarres, mais là tu bats tout le monde. Il faut que je sache qui tu es, et deux ou trois petites choses telles que par exemple le nom de tes parents. Tu es sûre que tu ne t'es pas sauvée de chez toi ? Je parie qu'à l'heure qu'il est ton papa et ta maman doivent être rudement inquiets.

Non non. Ils sont morts tous les deux, et je viens d'être fichue à la porte de chez ma tante. Vous la connaissez peut-être. Nadine Nelson. Mais ça sert à rien de l'appeler pour lui dire de venir me chercher. C'est elle qui m'a dit de partir de chez elle.

Et comment as-tu eu l'idée de venir ici ?

Dimanche dernier à l'église je vous ai vue avec vos filles, et j'ai demandé à Dora qui vous étiez. Elle me l'a dit, et je me suis dit que comme vous aviez déjà des filles à peu près de ma taille, vous pourriez peut-être me faire une petite place. J'avais prévu de venir au moment du jour de l'an, mais voilà, je suis là aujourd'hui.

Généralement, c'est le tribunal qui me confie des enfants. C'est la première fois qu'une telle situation se présente. Attends que je réfléchisse un peu.

Je peux dormir sur un lit de camp.

Oh, ce n'est pas une question de place. J'ai une chambre dont on ne se sert pas. Mais c'est plus compliqué que tu ne crois.

Eh bien j'ai quelque chose qui pourra peut-être vous aider à vous décider.

Quoi ?

J'ai secoué mon enveloppe et étalé tout mon argent sur son lit, et j'ai dit, il y a cent soixante-dix dollars. Ça a l'air de faire plus, parce que c'est surtout en billets de un dollar. Je tiens à vous payer cet argent pour que tout soit bien régulier entre nous. Comme ça vous et moi on sera quittes. Vous, vous aurez l'argent, et moi je pourrai rester chez vous jusqu'à ce que j'aie mon Brevet. Qu'est-ce que vous en dites ?

Je ne peux pas prendre cet argent. Ecoute-moi. Dès demain matin, j'appellerai le Service social de la mairie, et on mettra la machine en marche. Je ne peux rien te promettre, mais s'il te faut vraiment un endroit où habiter, tu auras ta place ici avec nous.

J'avais un peu l'impression d'être dans un de mes vieux romans, mais ça faisait tellement longtemps que j'avais envie de croire ce que quelqu'un me disait que je buvais ses paroles.

Et puis elle m'a serrée dans ses bras. Elle s'est un petit peu penchée, et elle m'a attirée contre elle, c'était exactement comme je voulais que ce soit.

C'est à ce moment-là qu'elle s'est assise sur ses talons devant moi, et qu'elle m'a demandé mon nom. J'ai répondu Ellen, et elle m'a dit Ellen, je parie que tu n'aurais jamais pensé que ce brave Père Noël t'apporterait une nouvelle maman comme cadeau de Noël.

C'est de là que j'ai pris le nom « nouvelle maman ».

Ensuite elle a eu la larme à l'œil, et je lui ai dit qu'il y avait une ou deux choses qu'il fallait que je vérifie avant de déballer mes affaires de mon carton et de m'installer dans cette chambre dont elle m'avait parlé.

Oui, quoi donc ?

Eh bien, il faut que je sache si vous avez une bonne santé dans l'ensemble, ou si vous avez une maladie ou de mauvaises habitudes comme de boire. Aussi, est-ce que vous êtes généralement de bonne humeur, ou bien est-ce qu'il y a des jours où vous avez des crises de nerfs, ou des crises de méchanceté ?

Pourquoi est-ce que tu me demandes ça ?

Parce qu'il faut que je sache.

Bon, d'accord. J'ai une santé de cheval. Ici personne ne boit, personne ne fume. Et pour supporter une maison pleine d'enfants, crois-moi, il faut que j'aie bon caractère. Ça te va ?

Merci, j'ai dit. C'est exactement ce que je voulais entendre.

Parfait ! Maintenant, on va aller t'installer dans ta chambre, et puis je servirai le dîner. Je parie que tu meurs de faim.

C'est la vérité. Est-ce que vous n'avez pas par hasard du poulet froid dans votre frigidaire ? Il m'a semblé sentir l'odeur en entrant.

Eh bien, tu as un fameux flair, elle a dit en riant. Il y a trois jours que je n'ai pas fait de poulet !

Oh mais les bonnes odeurs comme le poulet, ça flotte dans l'air pendant un certain temps.

Pendant qu'elle préparait le dîner, j'ai défait mes affaires et je me suis allongée pour regarder par la fenêtre. Ça me faisait du bien de me reposer. J'avais des crampes dans les bras d'avoir porté la boîte, et même allongée sans bouger, j'avais l'impression que mes jambes étaient encore en train de marcher. Mais on ne me ferait plus jamais repartir d'ici.

Depuis ce premier après-midi où je l'entendais s'activer dans sa cuisine, il m'est arrivé bien des fois de m'allonger sur ce lit. Et ça me fait toujours aussi plaisir de me reposer. Ce jour-là, j'ai regardé la chambre avec les rideaux, le dessus de lit et les taies d'oreiller que la fille d'avant moi avait choisis. Ma nouvelle maman faisait de la couture pour elle aussi.

Quelquefois, je me demande ce que cette fille est devenue, et je me dis qu'elle n'a pas dû mal tourner. Je suis prête à parier qu'elle est devenue quelqu'un de bien, parce qu'elle a été entourée d'affection par quelqu'un de bien. Peut-être qu'elle n'avait pas autant d'argent que moi pour payer sa nouvelle maman, n'empêche qu'elle a quand même eu des rideaux avec des pompons et des habits qu'on lui a faits.

Ma nouvelle maman n'a pas touché à mon argent. Elle le garde dans un coin, dans le fond du placard de l'entrée. Je suis tombée dessus par hasard un jour où je fouinais un peu. L'enveloppe dans laquelle il se trouve a mon nom marqué dessus, Ellen, avec la date du jour où je suis arrivée.

Moi aussi je vais devenir quelqu'un de différent. J'aurais pu être une clocharde aussi bien. Si ma nouvelle maman et ses filles étaient parties en vacances pour Noël, personne ne peut dire où cette vieille Ellen aurait échoué.

Si je pense à ma vie sous ce jour-là, je réalise quelle chance j'ai eue.

Depuis le jour de mon arrivée j'ai pas cessé de me dire qu'est-ce que j'ai de la chance. J'aurais jamais cru que les choses tourneraient aussi bien. Les autres aussi elles savent qu'elles ont de la chance. Personne n'en parle tout haut, mais chaque fois que j'entends Stella qui pleure dans sa chambre et que j'entends ma nouvelle maman qui lui dit qu'elle la comprend, et qu'elle est une brave gosse, pas une petite garce, alors je sais que Stella est en train de se faire caresser le dos, et je sais qu'elle trouve ça drôlement agréable de sentir sur elle les mains de ma nouvelle maman.

Y a pas besoin de voir à travers les murs pour savoir quand ma nouvelle maman est avec une des filles toute seule dans sa chambre et qu'elle lui dit d'avoir du courage ou qu'elle lui caresse le dos. C'est facile à imaginer si ça vous est arrivé à vous aussi.

Il y a eu des tas et des tas de fois où elle a mis ses deux mains dans les miennes et où elle m'a dit, si on reste bien calmes et qu'on respire bien à fond toutes les deux, tu vas t'arrêter de trembler. Et à tous les coups ça marche.

Y a eu un jour, l'année dernière, où elle m'a dit, si tu ne pleures pas, tu vas finir par éclater tôt ou tard. Mais je n'y suis pas encore arrivée. J'ai beau me dire que ça serait bien agréable, j'entends toujours la voix de la maman de ma maman qui dit, vas-y, chiale, que je te donne des claques. Ma nouvelle maman dit que tout ça sera bientôt terminé. Elle dit qu'elle me le promet formellement.

Y a d'autres trucs que j'arrive pas encore à faire, mais au moins je suis devenue à peu près gentille avec les gens, et depuis que je suis là il n'y a pas eu un seul nouveau pépin. Ce n'est pas rien, quand on y pense.

Personne n'est mort, personne ne m'a reproché des choses plus graves que d'avoir arrosé les plantes de la serre. On peut toujours rajouter quelques fougères dans la terre. Ma nouvelle maman a dit que c'était pas un drame.

Tous les jours j'essaye d'encaisser un peu mieux tout ce qui s'est passé quand j'étais petite. A part ça, ce qui me reste à régler, c'est Starletta et moi. Mais ça je vais pouvoir m'en occuper ce week-end.

Vous savez qu'elle vient ici après l'école aujourd'hui. Et je suis prête.

Ma nouvelle maman a brodé les S sur deux serviettes de toilette rien que pour Starletta. Ça, ça va être quelque chose, on entre dans la salle de bains d'une famille de Blancs, et il y a une baignoire propre comme un sou neuf et des serviettes rien que pour vous.

Je me demande si Starletta me laisserait prendre un bain avec elle. Il se peut qu'elle ait déjà sa pudeur. Depuis qu'elle a défait ses tresses, elle s'est mise à se déhancher un peu en marchant.

Mais je lui ai dit d'apporter son nécessaire de coiffure. Ça me plairait de sentir à nouveau ses doigts qui s'affairent dans mes cheveux.

Je n'ai que son nom en tête, et quand je tends à ma nouvelle maman ma vaisselle au petit déjeuner, je lui dis est-ce que tu te rappelles que Starletta revient avec moi après l'école aujourd'hui ?

Oui, et je crois que nous sommes tous prêts pour ce grand événement, elle dit en riant un peu.

Quand le car arrive, la première chose que je fais, c'est de dire au chauffeur qu'il aura une passagère de plus ce soir. Elle descendra devant chez moi. Elle est noire, mais faites celui qui ne remarque rien. Elle s'assiéra devant avec moi. Et elle descendra devant chez moi.

Il me dit seulement de me dépêcher de m'asseoir, et ensuite il me jette un coup d'œil dans le rétroviseur comme si j'étais devenue folle ou quoi.

C'est que je suis excitée comme une folle, j'ai envie de lui dire.

Qu'est-ce qu'une journée peut passer lentement quand on aurait justement envie qu'elle file comme l'éclair.

Oh Starletta, toute la matinée je me répète ça dans ma

tête, et puis je vais à la cantine et je vois que sa maman l'a frottée briquée, jusqu'à ce que ça brille, et ouh la la, elle est toute élégante dans sa robe chasuble avec une chemise à col Claudine. Elle a ses chaussures du dimanche. Et je sais sans même regarder qu'elle porte une culotte avec plein de frous-frous en dentelle sur les fesses.

Il faut que je prenne sur moi pour ne pas sortir de la queue et me précipiter sur elle pour vérifier si elle a bien pris sa valise ou son sac ou son carton, n'importe quoi pourvu qu'elle n'ait pas oublié qu'elle vient chez moi aujourd'hui.

Mais je reste bien sagement dans la queue pour acheter mon lait. Et puis je la trouve assise au milieu de ses petites copines noires et je dis tout haut, tu as bien pris tes affaires pour venir passer le week-end chez moi ?

Alors elle tire de sous la table un grand sac en papier replié en haut, et je sais qu'il y a dedans son pyjama, sa petite culotte et ses affaires de toilette.

Bon. Quand la cloche sonnera, tu viens me chercher dans ma classe et on prendra le car ensemble. D'accord ?

Alors je mange ma soupe et je souffre à l'avance de cet après-midi et de tout ce temps qui me sépare de Starletta.

Quand la cloche finit par sonner, je suis tellement vidée à force d'avoir attendu que je me dis que je ferais bien une petite sieste avant qu'on se mette à jouer. Mais il est trop tard pour ça.

Dans le car je ne dis pas grand-chose. Je me dis que je me garde pour quand je serai seule avec elle. Peut-être d'ailleurs que je ne parlerai pas tellement non plus. Peut-être qu'on fera plutôt des choses.

J'ai déjà changé trois fois mes plans pour le week-end, et j'en suis à un plan à peu près réalisable.

D'abord on descend du car. Ensuite on va à la maison et elle fait connaissance avec ma nouvelle maman. J'ai déjà dit à ma nouvelle maman que j'aimerais bien qu'elle dise un petit mot à Starletta pour lui dire comme elle la trouve jolie, tout ça. Pas le genre de compliment qui a l'air de dire, oh vous êtes bien mignonne pour une Noire, non le genre qui dit vous êtes bien mignonne, point final. La première sorte, ça compte pour du beurre.

Ensuite on mettra ses affaires dans le tiroir que j'ai vidé exprès. Ensuite je lui montrerai la salle de bains et je lui ferai voir la baignoire et ses serviettes.

C'est déjà beaucoup d'assimiler tout ça d'un coup, alors je me suis dit qu'ensuite on pourrait s'allonger et se reposer jusqu'au dîner. Comme ça elle pourra voir comme c'est agréable de rester allongée sur mon lit à attendre que le dîner soit prêt.

Et je peux vous garantir que ce sera un rudement bon dîner.

Quand ma nouvelle maman dit bonjour à Starletta, elle dit tout bien comme on avait répété, et comme si elle pensait sincèrement ce qu'elle dit. Ça sonne juste parce que je sais que c'est vrai.

Ah, voilà donc Starletta, elle dit. Ellen m'avait dit que son amie était une jolie petite fille, et je vois qu'elle avait raison. Je veux que tu te sentes chez toi ici pendant tout le week-end, et si tu as besoin de quelque chose, tu n'auras qu'à me le demander.

La dernière partie, on ne l'avait pas répétée. C'est bien, je trouve que ça ajoute un petit quelque chose.

Ensuite ma nouvelle maman embrasse toutes les filles à tour de rôle, et je présente Starletta au petit Roger. Pour le moment il n'a pas envie de faire connaissance avec qui que ce soit, il est tout occupé à faire des mamours à Stella.

Bon, maintenant que tout le monde t'a dit bonjour,

viens dans ma chambre, je vais te montrer où mettre tes affaires.

Starletta dévore tout des yeux et remarque comme tout est bien propre, et je sais qu'elle a bien sûr remarqué le tapis qui gratte, alors je lui dis que ma nouvelle maman aspire toutes les saletés avec un appareil et qu'on pourrait se rouler par terre dans toute la maison sans se salir. Je vois dans ses yeux qu'elle note ça dans la liste des choses à faire pendant le week-end.

Une fois qu'elle a rangé ses affaires et que je lui ai montré la salle de bains je lui dis qu'il faut qu'on se repose un peu parce que c'est toujours ce que je fais entre l'école et le dîner.

Mais ce que j'ai surtout envie de faire, c'est d'être seule avec elle pour pouvoir lui parler. Il faut que je lui dise tout ce que j'ai prévu qu'on allait faire pendant le week-end, et puis j'ai des choses importantes à lui dire.

Tu ne veux pas te changer et te mettre en pantalon ? Tu as apporté un pantalon ? Sinon y en a sûrement un des miens qui doit t'aller. Tu es presque aussi grande que moi. Regarde-nous dans la glace.

Elle est quand même encore un peu plus petite que moi, une main à peu près.

Allez, viens t'installer près de moi qu'on se repose un petit coup. C'est toujours comme ça que je fais.

Et puis bavardons un peu. C'est moi qui vais commencer, je lui dis sans la regarder, en regardant au plafond, mais je la sens allongée près de moi bien à plat sans bouger, à attendre que je commence.

Starletta, ça m'a fait drôlement plaisir que tu puisses venir chez moi, et j'espère que tu vas bien t'amuser. Je suis très heureuse d'être ici. Tu te rappelles quand je vivais avec mon papa et que je venais tout le temps chez vous ?

Oui je me rappelle, elle dit, et ça lui prend deux fois

plus de temps que le temps normal de sortir les mots parce qu'elle bégaye, et elle s'énerve sur les syllabes.

Je venais tout le temps chez vous parce que je voulais pas être avec mon papa et surtout parce que je t'aime beaucoup. Même si mon papa avait été Président des Etats-Unis, je serais quand même venue chez toi chaque fois que j'avais envie de jouer. Tu me crois ?

Et je la regarde pour qu'elle puisse faire oui de la tête sans avoir à parler.

Elle déteste parler.

Tu sais, Starletta, dans le temps je pensais que j'étais mieux que les autres parce que j'étais blanche, et quand je pensais que toi tu étais noire, je me disais, c'est dommage que Starletta soit noire. Ça me plairait pas d'être comme ça. Ta maman qui fait des dessus-de-lit, et puis c'est des Blancs qui les vendent. Et vous trois qui vivez dans cette maison qui tombe en ruines. Je repartais toujours de chez vous en me demandant comment vous faisiez pour vivre sans avoir des cabinets à l'intérieur. Je sais que ton papa vient de vous en installer, mais vous vous en êtes passés pendant longtemps. Plus longtemps que toutes les familles blanches que je connais. Quand je pensais à toi, je me disais toujours que j'avais de la chance. Et maintenant je ne comprends plus pourquoi. Franchement. Et c'est ça que je voulais te dire. C'est pas la peine que tu me répondes. Reste allongée, repose-toi et attendons le dîner.

Et moi je vais aussi rester allongée auprès d'une petite fille que, d'après toutes les règles établies, je ne devrais pas avoir chez moi, surtout pas allongée près de moi en train de dormir.

Mais pendant que je la regarde qui dort, je me rappelle qu'on a changé ces règles-là. Alors ça n'a aucun sens de me raconter que je transgresse la loi.

De toute façon, dans les gens que je connais, y en a pas plus d'une poignée qui se soucient des règles à suivre dans leur façon de traiter les gens. Mais pendant que je suis sur ce lit à regarder ma Starletta qui vient de s'endormir, je me dis que s'ils ont pu faire toute une guerre pour décider de la façon dont je devais la considérer, alors ça me crée une obligation de tenir compte des règles. Ça me paraît la chose correcte à faire.

J'ai parcouru un grand bout de chemin pour arriver là où je suis, mais si vous réfléchissez deux minutes, vous verrez que Starletta a fait une route encore plus longue.

Et je la regarde qui se repose parce que bientôt on sera tous en train de dîner, et que peut-être que ce soir il y aura du gâteau, et je dis tout bas repose-toi Starletta, tu l'as bien mérité.

Dire que pendant tout ce temps j'ai cru que c'était moi qui avais la rangée la plus dure à sarcler.

Ça n'a pas fini de m'étonner.

Du même auteur :

Ellen Foster, Rivages, collection de littérature étrangère.

Une femme vertueuse, Rivages, collection de littérature étrangère.

Bibliothèque étrangère Rivages :

Déjà parus :

1. Grace Paley : *Les Petits Riens de la vie*
2. Natsumé Sôseki : *Oreiller d'herbes*
3. Paul Bowles : *Le Scorpion*
4. Kaye Gibbons : *Ellen Foster*
5. Eva Figes : *Lumière*
6. Umberto Saba : *Couleur du temps*
7. Alison Lurie : *Les Amours d'Emily Turner*
8. Lorrie Moore : *Des histoires pour rien*
9. Truman Capote : *Un été indien*
10. Fausta Cialente : *Les Quatre Filles Wieselberger*
11. Ambrose Bierce : *Le Dictionnaire du Diable*
12. Italo Svevo : *Le Destin des souvenirs*
13. Grace Paley : *Plus tard le même jour*
14. Heimito von Doderer : *Un meurtre que tout le monde commet*
15. Barbara Pym : *Adam et Cassandra*
16. Evguéni Zamiatine : *Seul*
17. Umberto Saba : *Comme un vieillard qui rêve*
18. Walker Percy : *Le Cinéphile*
19. Evguéni Zamiatine : *Le Pêcheur d'hommes*
20. Robert Louis Stevenson : *Fables*
21. Alison Lurie : *La Ville de nulle part*
22. Natsumé Sôseki : *Clair-obscur*
23. Paul Bowles : *L'Echo*
24. Javier Marías : *L'Homme sentimental*
25. Alfred Döblin : *L'Assassinat d'une renoncule*
26. Reinaldo Arenas : *Le Portier.*

Achevé d'imprimer
le 21 avril 1989
sur les presses
de l'Imprimerie A. Robert
116, bd de la Pomme - 13011 Marseille
pour le compte
des Editions Rivages
5-7, rue Paul-Louis Courier - 75007 Paris
10, rue Fortia - 13001 Marseille

4e édition

Dépôt légal : avril 1989